Pluri'elles

© 2017 Marie Delcourt
Impression et Édition : BoD™ - Books on Demand GmbH, Norderstedt, Allemagne.
ISBN : 9782322157419 | Dépôt légal : mai 2017

Marie Delcourt

Pluri'elles

Recueil de nouvelles

Autoédité

Préface

Avec Pluri'elles, il faut lire entre les lignes, relire chaque histoire pour en extraire l'essence, les sens aux abois. Chacune de ces dix histoires est à la fois forte et puissante, émouvante et drôle. Ce recueil est comme un bon vin, il s'agit d'une cave d'où sortent les meilleurs textes pour le plaisir du lecteur. A travers ces pages, on trouve des rouges gouleyant vieux de plusieurs dizaines d'années et des blancs provenants de vignes plus récentes. Un beau mélange pour accompagner une lecture riche en émotions.

Marie Delcourt écrit depuis quelques temps déjà, bien avant d'avoir un jour pensé sortir son premier livre et participer à un atelier d'écriture.

Son travail méritait bien un recueil et je suis heureux de le voir ici entre vos mains. Vous ne serez pas déçu par ces dix nouvelles, vous ne pourrez qu'être agréablement surpris. Marie présente ici des tranches de vies, des vues à un instant T, des instantanés d'êtres humains comme vous et moi. Il s'agit de femmes qui vivent leur vie comme chacun d'entre nous sauf qu'un jour, un événement, un acte, un détail conduit à porter un regard dessus.

Elle traite de la vie, de tristesses passagères, d'issues ensoleillées, de mélancoliques blues et de lents slows. Elle prend des photographies d'une situation qui mérite qu'on s'y attarde. Vous y trouverez des luttes contre soi-même, une violence conjugale, une peine de coeur, un fantasme inassouvi ou bien encore une quête d'identité. Toutes ces histoires sont racontées avec énormément de réalisme et tout en poésie.

Lorsqu'elle a commencé à participer aux recueils de l'atelier d'écriture, elle avait toujours le texte pour le livre et d'autres qui surgissaient d'exercices, de ses noires pensées. Je lui ai toujours suggéré de les réunir en un livre. Et le voilà, en parallèle de l'atelier d'écriture, en parallèle de sa vie, à la perpendiculaire de son quotidien.

Je vous conseille vivement de tourner cette page, de vous laisser aller avec l'inconnu, de vous laisser prendre dans la toile de cette auteure à découvrir.

Je vous souhaite une douce lecture à la vue de ces mots, au toucher de ces feuilles, à l'ouïe de ces femmes qui vous parlent, au goût de trop peu à la fin de la lecture, à l'odorat meurtri en devant refermer le livre.

Christophe Carreras

A Màrianne, ma Lucy in the sky.

La maison d'en face

« Ne couvrez pas de voiles sinistres tout ce qui brille.
Scrutez le miroir pour découvrir le fantôme qui s'y cache. »
Anne Rice

Je retrouvais petit à petit mon identité. Je n'étais plus seulement « le cancer de la chambre 107 ». Toute ma révolte commençait à se raviver. Je me détestais d'être coincée dans ce lit tout blanc, désœuvrée, me livrant à des plaisirs trop sédentaires comme lire des romans à l'eau de rose ou regarder des émissions de « bonnes femmes » à la télévision, à longueur de journée.

J'avais vingt-cinq ans et mon métier, animatrice de tourisme, m'avait habituée à une vie mouvementée, aux centres d'intérêts plutôt variés, au gré de mes missions dans le monde entier. Je venais d'être opérée d'une tumeur et la semaine passée à me bourrer de pilules et à m'étourdir de piqûres m'avait anéantie. Je réclamais en vain la visite du chirurgien, seul maître à bord, seul habilité à me délivrer de cet enfer !

Des journées entières, de précieuses journées gaspillées à attendre. Attendre une visite, attendre un coup de fil, attendre le feuilleton de quatorze heures... J'étais épuisée d'attendre, épuisée de repos, gavée de sommeil. A l'annonce du diagnostic il y a trois mois, les amis s'étaient faits rares, comme effrayés d'une quelconque contagion, et mon petit ami ne venait pas me voir car, avait-il dit, « il ne se sentait pas la carrure de me voir aussi malade et incapable de m'aider à affronter une telle épreuve ». On sait que le cancer ne se transmet pas mais le malheur, sait-on jamais... Sept longs jours sans sortir de cette chambre, à voir toujours le même lit, et toujours le même panorama : ces arbres sur le déclin de l'automne, cette maison fermée aux volets verts et surtout celle au toit d'ardoise que je fixais, fascinée, chaque fois que mon regard se portait au-dehors. Cette maison où j'apercevais parfois des ombres, floues et asexuées parce que trop lointaines et me semblant littéralement hors du temps. Peut-être les avais-je tout simplement rêvées, sous l'influence des substances médicamenteuses sensées me dispenser de la douleur ?

Les paroles encourageantes du personnel hospitalier ne parvenaient pas à m'apaiser, tout allait mal, de plus en plus mal ; ma santé s'améliorait tandis que mon moral s'amenuisait. Quelle patience et quel amour de la solitude il fallait avoir pour se sentir bien ici ! Mais j'en avais fini de tester ma patience et la solitude à cette échelle ne me valait rien. J'avais l'impression de laisser mon esprit s'engourdir et que plus jamais je ne parviendrais à assumer une quelconque responsabilité ou à briller dans une soirée mondaine où je me plaisais à paraître. Je ne voyais pas la fin de ce calvaire qui me privait d'un certain nombre de distractions auxquelles mon âge et mon besoin de bouger me faisaient aspirer.

L'automne n'arrangeait rien, bien au contraire, les plaisirs des vacances et la chaleur du soleil étaient déjà bien loin et mon moral fluctuait au gré des caprices de la météo.

Un besoin de vivre me sortait pourtant par tous les pores de la peau, besoin de folies bien vite calmé par mon tempérament naturellement terre-à-terre et par mes capacités physiques pour le moins entamées.

☙

Je fréquentais Serge depuis trois ans, un homme d'âge mûr que j'aimais profondément malgré nos rapports tumultueux en raison de son passé familial. Il était divorcé et père de deux enfants et ses relations avec son ex-femme restaient ambigües, ce qui nous amenaient à des discussions sans fin que j'aurais préféré éviter. J'avais l'impression qu'il n'avait jamais cessé de l'aimer même s'il s'en défendait avec véhémence. Pour moi, l'application qu'il mettait à satisfaire ses moindres caprices était un aveu. D'ailleurs, lors de sa dernière visite, peu avant l'annonce de ma maladie, mes doutes furent encore renforcés :

— Lou, mon chaton, je dois te parler de quelque chose : Claire voudrait que je l'accompagne aux sports d'hiver à Noël, elle dit que les enfants souffrent plus de la scission de la famille à cette période de l'année et que cela leur ferait du bien. C'est un peu mon devoir et de toutes façons tu détestes le ski !

Il prétextait de nouveau le bien-être des enfants pour

satisfaire les seuls désirs de cette rivale que je haïssais. J'essayai de taire ma rancœur mais laissai transparaître malgré moi une grande lassitude :

— Mais, ta famille, j'en fais partie maintenant, tu pourrais passer les fêtes avec moi cette année...

Il ne me laissa pas finir ma phrase et entra dans une de ces colères dont il était coutumier et me lança :

— C'est ridicule, si tu me fais encore une de ces stupides scènes de jalousie à propos de Claire, autant se quitter tout de suite, notre relation doit être basée sur la confiance, Lou !

Le grand mot était lâché, j'avais perdu la bataille une fois de plus !

« Séparation », ce seul mot me faisait frémir de peur. Chaque fois, mes colères s'éteignaient à l'évocation de ce mot magique. Serge le savait et en abusait souvent. Je pouvais tout supporter mais pas l'idée de le perdre. Je l'aimais malgré ce partage que j'acceptais si difficilement, je l'aimais pour sa force et sa grande expérience, je l'aimais pour ses quarante ans et la sécurité que cela m'apportait. La discussion en était donc restée là.

☙

Ma mise à l'isolement se poursuivait, remplie de questionnements et de doutes, de l'angoisse, de l'absence, de la peur de la mort et de la douleur morale omniprésente face à laquelle la morphine était impuissante. Ma santé avait rechuté et le « grand maître des hommes en blanc » avait décidé de me garder encore.

Enfin, un samedi, on m'annonça que je pourrais sortir

dans la journée moyennant une convalescence sous haute surveillance, avec un traitement approprié. L'infirmière rajouta sans diplomatie que la chambre était attendue pour un autre malade et que de toutes façons, ils ne pouvaient me garder plus longtemps ! Après m'avoir retenue prisonnière, c'est tout juste s'ils ne me jetaient pas dehors ! L'humanisme hospitalier avait quelques progrès à faire !

Toutefois, trop heureuse de cette nouvelle, je préparai mes affaires à la hâte, de peur qu'ils ne changent d'avis ! J'allai enfin quitter cette chambre sans couleurs, je ne verrai plus le paysage monotone et la maison au toit d'ardoise auxquels je m'étais habituée. La maison et ses ombres furtives... Quelles pouvaient bien être ces formes mystérieuses ?

Peu m'importait pour le moment, mon seul objectif était mon retour à la vie sociale. Je projetais de me refaire une beauté, de rappeler mes amis pour leur dire que j'étais tirée d'affaire (enfin, les médecins disent « en rémission ») et de rattraper le temps perdu : j'avais une envie folle d'aller danser !!!

Je devais régler les derniers détails de ma sortie et appeler Serge pour qu'il vienne me chercher. Après cette longue séparation ponctuée seulement de quelques conversations téléphoniques, ce serait une surprise pour lui !

Je composai le numéro de notre appartement et laissai sonner une fois, deux fois, dix fois... Peine perdue ! Très déçue, je décidai de me débrouiller seule, trop fière pour demander de l'aide à qui que ce soit d'autre.

Après m'être habillée, je descendis donc régler les dernières tracasseries administratives et me retrouvai dehors, toute étourdie sous le pâle soleil d'automne.

Je jetai un dernier coup d'oeil à la « maison d'en face », maintenant toute proche avec sa façade en pierres ocres et rugueuses et ses volets à persiennes. Un élan irraisonné me poussa à aller voir de plus près. J'étais intriguée et je ne prenais pas grand risque, sinon de découvrir que c'était la maison de « Monsieur tout le monde » !

Je me retrouvai donc frappant à la porte de la vieille maison, espérant presque que la porte resterait close et la maison muette sur son mystère.

Contre toute attente, un homme vint ouvrir. Une trentaine d'années, grand, brun, des yeux d'un gris profond et d'une tristesse infinie. Il me fixait d'un air surpris et je bredouillai :

— Bonjour, je sors de la clinique située en face de chez vous, j'ai admiré votre demeure durant de longs jours et la curiosité m'a poussée à venir la voir de plus près... Pardon, l'objet de ma visite me semble tout à coup vraiment déplacé...

— Mais pas du tout, mademoiselle, personne ne vient jamais sonner ici, d'où ma surprise. Voulez-vous entrer ? Vous allez comprendre...

Il s'effaça et j'entrai, stupéfaite, dans un décor où tout semblait figé. Je l'interrogeai du regard et, sans se faire prier, il me raconta l'histoire de « la maison d'en face ».

— Cette demeure appartenait à mes parents, c'est ici que j'ai grandi et que j'ai vécu les plus belles années de mon enfance. Aussi loin que je puisse me souvenir, j'ai l'impression d'avoir toujours vécu ici...

— Mais elle est inhabitée à présent, n'est-ce pas ?

— Oui. Mes parents l'ont occupée jusqu'à l'année dernière. Ils fêtaient leur quarantième anniversaire de mariage et je leur ai offert une seconde lune de miel : un voyage en Amérique du Sud.

Il marqua une pause, plongé dans ses souvenirs et le ton de sa voix était amer lorsqu'il poursuivit :

— L'avion a explosé en vol. On a rien retrouvé des corps.

Un silence assourdissant s'installa. J'étais horriblement gênée, j'avais l'impression d'avoir violé un sanctuaire. Je pivotai discrètement pour cacher le feu qui me montait aux joues. On aurait dit que chaque meuble, chaque bibelot de la pièce attendait de revivre sous sa couche de poussière et le faible rai de lumière qui filtrait à travers les volets accentuait cette aura d'immobilité, cette impression que le temps s'était arrêté il y avait un an. La seule ombre que j'avais pu apercevoir était donc celle de cet homme si digne qui vivait de souvenirs. A moins que... Je croyais aux signes et à la vie après la mort. Je l'avais frôlée de près et l'Amérique du Sud était un de mes points d'attache professionnelle. Cela signifiait-il quelque chose ?

Je commençai à me sentir de trop et brisai le silence la première afin de prendre congé :

— Je vous demande d'excuser cette intrusion, votre histoire est tragique et je m'en veux d'avoir troublé votre quiétude. Je vais vous laisser vous recueillir.

L'homme sembla s'éveiller d'un long cauchemar et répondit :

— Ne soyez pas gênée, mademoiselle, je sais que ces « pélerinages » sont un peu ridicules. Permettez-moi de vous raccompagner. Si personne ne vous attend, bien entendu.

— Avec plaisir, m'entendis-je répondre, je m'apprêtais à

rentrer seule, en bus.

Il verrouilla la porte de son ancien foyer, me prit la valise des mains et m'amena jusqu'à sa voiture, garée non loin de la clinique.

Je ne pus m'empêcher d'admirer tout bas la ligne de sa Porsche blanche ; je m'étais toujours laissée impressionnée par les belles voitures !

Il me demanda mon adresse puis conduisit sans un mot jusqu'au bas de mon immeuble, où il descendit le premier pour m'ouvrir la porte très galamment. J'étais fascinée par la personnalité de cet homme et j'aurais souhaité en savoir davantage mais n'osai pas évoquer l'idée d'une nouvelle rencontre.

— J'ai été ravi de vous rencontrer, mademoiselle. Je suis assez seul et votre visite m'a fait beaucoup de bien, soyez-en assurée. Au revoir et... merci.

Il me serra la main et partit très vite, me laissant complètement désorientée sur le trottoir : je ne savais rien de lui, il ne savait rien de moi, et pourtant son visage emplissait déjà ma mémoire.

Lorsque j'arrivai à l'appartement, Serge était rentré et s'étonna de me voir là. Il m'assaillit de questions :

— Ils t'ont laissée sortir ? C'est que tu es guérie alors ? Mais pourquoi ne m'as-tu pas appelé ? Comment es-tu rentrée ?

— Je t'ai appelé, Serge, mais tu devais être sorti... Alors j'ai pris le bus, mentis-je pour éviter de parler de ma rencontre.

— Ah, oui ! J'étais passé voir les enfants. Tu sais, pour préparer les vacances de Noël. Nous sommes déjà en novembre et j'avais quelques détails à régler avec Claire.

C'était donc ça ! Sa décision était prise ! J'avais tant espéré qu'il resterait, par amour pour moi.

— Voyons, mon chaton, pourquoi ne dis-tu rien ? Tu n'es pas fâchée au moins ? D'ici là, je vais bien m'occuper de toi pendant ta convalescence !

Je cachai mon désappointement et l'embrassai gaiement.

— Mais non, bien sûr que non ! Je réfléchissais. Que penserais-tu d'un dîner en amoureux ? Pour fêter ma guérison ? J'ai envie de manger quelque chose de bon, c'était horrible la bouffe de l'hôpital !

— Très bonne idée ! Fais-toi belle, je t'invite « Chez Gino », ça nous rappellera notre première rencontre !

La soirée se passa agréablement, bien que mon appétit ne soit pas totalement intact et j'oubliai Claire et les vacances de Noël. Serge se montra enjoué et amoureux, comme au premier jour.

༄

Le mois de novembre me permis de retrouver mes forces et mon moral et, très rapidement, décembre fut là. J'avais repris mon travail, un poste « aménagé post-maladie » dans un bureau parisien en attendant de pouvoir repartir visiter le monde, et notre vie de couple était retombée dans la routine.

Mes pensées revenaient de temps à autre au bel homme aux yeux gris et à sa mystérieuse maison. Quelles forces invisibles m'avaient poussée jusque-là ? Avais-je été si proche de la mort que j'avais entendu ces entités me demander de l'aider à apaiser sa conscience et à accepter de vivre ?

Je me défendais de penser à des possibilités aussi ésotériques mais j'aurais tant aimé le revoir, c'était plus fort que moi.

Enfin, Noël arriva avec ses guirlandes et ses sapins, porteur de joies et de cadeaux pour tout un chacun. Pour moi, c'était tout le contraire ! Serge partit avec toute sa « famille », sans remords de me laisser seule mettre mes chaussons devant la cheminée !

Tout le monde passerait le réveillon en famille, j'étais fâchée avec les membres de la mienne et même l'homme de ma vie préférait être ailleurs. Je n'avais vraiment personne avec qui partager la dinde aux marrons. A moins que...

Je m'habillai chaudement et sortis. Ma vieille R5 était ensevelie sous la neige et je priai Saint Christophe pour qu'elle veuille bien démarrer !

Elle en avait vu d'autres et m'emmena sans rechigner jusqu'à la maison au toit d'ardoise. Mon cœur battait la chamade lorsque je reconnus la voiture de sport blanche garée devant la clinique. N'osant pas violer à nouveau la tranquillité des lieux, j'attendis dans ma voiture, frissonnant de froid autant que de peur. Il sortit enfin, et je fus à nouveau frappée par son air grave et triste. Il portait un long manteau de cachemire noir et des gants en cuir. Je me précipitai vers lui et il me reconnut immédiatement :

— Bonjour, mademoiselle, quelle coïncidence !

— Ce n'en est pas une, m'enhardis-je, je vous attendais. Et vous pouvez m'appeler Lou. C'est mon prénom. Voilà, j'avais cru comprendre que vous étiez seul dans la vie alors je venais vous proposer d'unir nos solitudes pour le réveillon de Noël...

— C'est une idée généreuse, mad... Lou ! Je m'appelle

Paul. Et je suis ravi de vous revoir.

Ses yeux brillaient d'un éclat nouveau, je crus y lire de l'espoir. Je me sentais follement heureuse. Il m'invita à aller boire un café et nous fîmes plus ample connaissance. Il me raconta sa vie, je lui parlai franchement de Serge et de nos problèmes.

Il fut finalement convenu que nous fêterions Noël dans un petit restaurant que Paul affectionnait particulièrement. Nous nous quittâmes en nous embrassant amicalement et mon cœur était rempli de papillons lorsque je regagnai mon appartement !

Le vingt-quatre décembre à vingt heures très précises, j'étais fin prête et avais apporté pour l'occasion un soin tout particulier à ma tenue. J'étais encore sous traitement mais la maladie s'était tue, mes cheveux avaient repris de l'éclat et mes joues des couleurs. Je jetai un dernier regard à ma glace, et souris à mon reflet :

— Ma petite fille, ou je me trompe fort ou tu es en train de tomber amoureuse !!! me dis-je en m'adressant un clin d'oeil complice.

La sonnette de la porte d'entrée choisit ce moment pour retentir. J'allai ouvrir et eus le souffle coupé : Paul était encore plus beau que dans le plus fou de mes rêves et tenait à la main une petite boîte, qu'il me tendait :

— Je tiens à t'offrir ce présent pour fêter Noël et la plus agréable rencontre que j'ai jamais faite. Lou, tu es vraiment ravissante ce soir ! Sa voix tremblait d'émotion.

J'ouvris l'écrin de velours rouge et découvris un solitaire monté sur une bague en or. Je ne savais plus quoi dire... D'une part, cela ressemblait fort à un symbole, d'autre part, mon écharpe en soie grise, assortie à ses yeux, me paraissait un peu terne en comparaison !

Il parut néanmoins le plus heureux des hommes en ouvrant son paquet et nous nous précipitâmes dans les bras l'un de l'autre. Ce fut cette fois un vrai, long baiser passionné, plein de promesses et d'émerveillement.

Ce réveillon fut le plus fantastique jamais vécu : Paul était tendre, drôle et attentionné et j'oubliai tous mes soucis lorsqu'il me prit dans ses bras pour un slow langoureux. Un voile de tristesse fugace venait parfois assombrir son visage mais de moins en moins souvent, de moins en moins longtemps.

Cette nuit-là, je trompai Serge pour la première fois depuis notre rencontre et envisageai très sérieusement le quitter pour de bon.

Je revis Paul chaque jour des vacances et notre amour grandissait chaque fois davantage. Il fallait que je parle à Serge dès son retour : je ne pouvais plus me passer de Paul et nous envisagions de vivre ensemble.

Serge rentra le dimanche suivant le premier de l'an, tout bronzé et apparemment ravi de son séjour à la montagne. Cependant, quelque chose semblait le tracasser.

— Lou, mon chaton, j'ai à te parler ! C'est sérieux, les vacances ont changé bien des choses.

Je sautai sur l'occasion, comme on dit :

— Oui, en effet, les choses ont changé. J'ai à te parler moi aussi !

— Écoute moi d'abord, Lou. C'est assez difficile à dire... Voilà, Claire et moi avons décidé de reprendre la vie commune. Nous nous aimons encore et je ne peux plus me passer des enfants. Tu avais raison et je suis un salaud de t'avoir laissée espérer tout ce temps. Mais je t'aimais aussi, tu sais, même si c'est difficile à croire ! Et j'ai eu très peur pour toi quand tu es tombée malade... Si peur que je n'ai pas pu te voir si faible à l'hôpital...

Quel soulagement que cet aveu ! Même si il essayait de faire passer sa lâcheté pour de l'amour !

— Moi aussi, je t'ai aimé Serge. Mais c'est fini. Je suis amoureuse d'un autre homme. Je vais vivre avec lui. Je suis heureuse que les choses s'arrangent ainsi, j'avais peur de t'en parler !

Après cette explication, tout se passa très vite, nous n'avions ni l'un ni l'autre envie de nous éterniser sur le passé. Serge réintégra son ancien domicile et je quittai l'appartement.

☙

Paul reprenait pied dans le présent et nous ressuscitâmes sa demeure familiale et le jardin, envahi par les ronces et dont le bassin encore asséché ne demandait qu'à accueillir de nouveaux pensionnaires ! Au début, je ressentais une présence bienveillante qui suggérait à mon subconscient tel changement de décoration ou telle amélioration d'architecture. Paul en était toujours étonné tant il trouvait que, d'instinct, je savais redonner à la maison sa chaleur d'autrefois.

La présence s'en alla définitivement après la naissance de notre troisième enfant, mais une aura de sérénité et de joie profonde continue à irradier encore à ce jour derrière les murs épais.

Cela fait trente ans que Paul et moi y vivons avec le même bonheur ; les enfants sont partis, mais nos premiers petits-enfants envahissent régulièrement l'espace de leurs rires espiègles !

La clinique d'en face a été fermée puis détruite malheureusement. Il m'arrivait encore de temps en temps de la regarder de ma fenêtre avec nostalgie et avec cette question :

Qu'aurait été ma vie si des ombres furtives ne m'avaient conduite à sonner à cette porte en septembre 1986, ou si le cancer avait été le plus fort ?

Amour Amor

> *« Le verbe aimer est difficile à conjuguer :*
> *son passé n'est pas simple, son présent n'est qu'indicatif,*
> *et son futur est toujours au conditionnel. »*
> Jean Cocteau

— Tu pars ?

Il venait de la surprendre penchée sur sa valise, au milieu de la chambre à coucher.

L'armoire était grande ouverte, tous les vêtements éparpillés jetaient des tâches de couleur ci et là. Elle était décoiffée, le visage rouge et en sueur et la panique de le voir là accentua l'écarlate de ses joues.

En rentrant brusquement, il avait laissé entrevoir le palier crade et le mur couvert de graffitis de leur HLM de banlieue.

Trois ans déjà qu'ils habitaient ensemble dans cet appartement insalubre qu'il lui avait promis de rénover pour en faire leur nid d'amour.

Pourtant, la salle à manger avait gardé son papier peint à losanges marron et orange d'origine et la cuisine ses meubles en formica d'un autre âge. Chaque fois qu'elle passait devant, son reflet lui renvoyait l'image d'une femme flétrie et usée, fatiguée comme son éternel jean délavé et son T-shirt déformé. Son corps avait trente ans et son âme beaucoup plus.

Il y avait belle lurette qu'elle ne faisait plus d'efforts. Ils s'étaient évanouis avec ses illusions de reconstruire un couple qui tienne la route, qui vieillisse ensemble au milieu des rires d'enfants et des fleurs du jardin.

Sa vie à elle ne lui avait encore donné l'occasion d'entendre nul rire ni de sentir aucune fleur.

— Tu pars ?, répéta-t-il un peu plus fort.

Il sentait la transpiration et la bière. Il avait passé la soirée, comme tous les soirs de matchs, devant l'écran géant du café d'en bas, avec ses potes de beuverie. Un aficionado du ballon rond comme d'autres le sont du sang et de la poussière, de la violence étouffante des corridas.

— Je... Je... Elle n'eut pas le temps de se justifier.

La claque sonna et elle recula de deux pas, se protégeant le visage de ses mains. Elle connaissait la suite. Elle la connaissait par cœur. En trois ans, elle avait vécu cette scène des dizaines de fois : coups, cris, brimades, pleurs puis la nuit sans dormir, à chercher des réponses. Pourquoi moi ? Se répétait-elle chaque fois. Pourquoi l'avoir choisi ? Pourquoi encore une fois ? Elle essayait de se souvenir si elle aurait pu le sentir, le deviner. Elle culpabilisait de s'être laissée prendre au même piège.

Une fois, elle avait décidé de porter plainte, d'en finir avec la souffrance. L'assistante sociale l'avait convaincue qu'elle méritait mieux que cette vie et qu'elle serait protégée, qu'on l'enverrait dans un lieu secret où il ne la retrouverait pas. Mais il l'avait su avant même qu'elle puisse s'organiser et s'enfuir. Dans la cité, tout se savait. Il était rentré furieux et elle en avait gardé des traces indélébiles sur son corps déjà bien abîmé. Elle s'était juré de ne plus le contrarier et plusieurs mois s'étaient écoulés dans une relative tranquillité. Il lui disait qu'il l'aimait à sa façon, qu'il ne supportait pas qu'elle puisse le quitter, que les gens ne devaient pas voir qu'elle n'était pas d'accord avec lui, pour son honneur. Une femme doit se taire et satisfaire son mari, c'était sa philosophie.

Heureusement, ils n'avaient pas eu d'enfant. Enfin, pas vraiment. Elle était tombée enceinte l'année précédente et malgré sa peur, malgré son dégoût d'elle-même, elle avait avorté pour ne pas s'enliser encore davantage dans une situation déjà inextricable. Elle y pensait souvent. Malgré elle, elle se demandait à qui ce bébé aurait ressemblé, s'il serait devenu un adulte convenable ou un bourreau ordinaire car l'histoire se répétait généralement. Elle se justifiait auprès de sa conscience en se convainquant que peut-être cet enfant aurait lui aussi été battu et aurait fini placé par l'aide sociale à l'enfance, malmené de foyers en familles d'accueil. Sa douleur était immense mais elle s'était depuis longtemps résignée à ne pas essayer de combattre ce qui lui arrivait. Se battre équivalait à se débattre sur une toile d'araignée géante : on s'engluait encore plus et la fin était inéluctable.

Ce soir là pourtant, la suite n'arriva pas. Au lieu de la pluie de coups habituelle, contre toute attente, il s'effondra sur le lit, plissant le couvre lit rose un peu kitsh qui lui venait de sa grand-mère et qu'elle avait toujours détesté. Il la regarda longuement d'un air triste et se mit à sangloter comme un enfant :

— Je te demande pardon, je t'en prie ne me quitte pas, ne t'en vas pas...

Malgré elle, après la surprise, ce fut l'émotion qui la submergea. Elle hésita puis s'assit également sur le lit. D'abord craintive, elle caressait machinalement le couvre lit lisse et soyeux puis osa poser la main sur la sienne. Sa main était rugueuse, calleuse. Une main d'ouvrier du bâtiment, habituée aux travaux durs dans le froid et la saleté. Il lui prit la main et la serra, presque à lui faire mal mais quand il la sentit se crisper, il relâcha prise. Il se rapprocha et lui caressa les cheveux. La terreur avait laissé place à l'incompréhension de se laisser ainsi attendrir, presque comme si elle avait attendu ce moment pendant de longs mois. Elle découvrait qu'elle l'aimait encore et que tout ce qu'elle avait enduré, accepté, c'était dans l'espoir du moment où enfin, il lui reviendrait.

Ils restèrent là longtemps, profitant juste du silence et du battement de leurs coeurs. Les cris s'étaient tus, le goût du sang dans sa bouche avait laissé place au goût salé de ses larmes quand ses lèvres l'avaient effleurée.

— Aide moi, lui avait-il murmuré, aide moi, je n'ai pas su t'aimer.

Puis il avait commencé à parler. Lorsqu'ils s'étaient rencontrés, il n'était pas bavard et elle ne savait pratiquement rien de lui. Avec le temps, les discussions s'étaient encore plus raréfiées ou tournaient autour de détails triviaux de la vie quotidienne.

— Mon père m'a élevé seul, il n'a pas eu le choix : il battait ma mère et elle s'est enfuie juste après ma naissance. J'ai été conçu par un viol conjugal. Mon père me haïssait d'exister et me tenait pour responsable du départ de ma mère. Alors, pour tenir le coup, il s'est mis à l'alcool. Tout gosse, j'essayais de garder le vingt mètres carrés dans lesquels on vivait dans un état acceptable. J'essayais de remplacer ma mère pour que mon père m'aime un peu. Puis, il a été licencié parce qu'il était saoul sur son lieu de travail et c'est moi qui ai dû faire bouillir la marmite. J'avais quatorze ans. J'ai commencé par trouver des petits boulots à droite et à gauche. Comme ça ne suffisait pas à payer le loyer, et que les huissiers voulaient nous expulser, il me fallait plus d'argent.

Il marqua une pause, plongé dans ce passé, la tête baissée, alourdie du poids d'une trop grande peine. Il reprit son récit mais la tension était palpable. Il savait que les révélations qu'il allait faire changeraient à jamais le regard qu'elle portait sur lui.

— C'était facile, je connaissais des gars qui le faisaient et se faisaient plein de fric. Ils m'ont emmené une première fois, une première passe et malgré le dégoût, j'ai continué.

Son adolescence s'était écoulée entre drogue et petites passes sordides dans des rues sombres et humides du vingtième, elle était à mille lieues de s'imaginer un tel passé !

— J'ai raccroché à vingt ans, par amour pour une fille de mon quartier qui m'a aidé à m'en sortir. Notre histoire d'amour a duré cinq ans, jusqu'au jour où la police est venue m'annoncer avec un air grave qu'elle avait été tuée dans un accident de moto. Le conducteur était un dealer connu et toutes mes illusions se sont envolées. Je n'ai même pas pleuré sa mort. Elle m'avait trahi, elle ne le méritait pas...

Ses traits se durcirent et ses poings se serrèrent mais elle ne ressentait plus aucune crainte.

Jamais encore il ne s'était autant dévoilé et elle était touchée. En tout cas reconnaissante. Son histoire tristement banale aurait du lui faire comprendre à quel point elle était vitale pour lui. Au lieu de cela, elle venait de comprendre à quoi tenaient les fondements de l'amour. Il avait besoin d'elle. Pour se valoriser, se réparer, peut-être s'améliorer. Il avait besoin d'elle... Ce n'était pas de l'amour. En tout cas pas celui dont elle rêvait, désintéressé, tourné vers le bonheur de l'autre.

Ils s'endormirent côte à côte sur le couvre lit rose.

ೞ

Au petit matin, elle se leva sans faire de bruit, prépara le café, fit griller du pain et mit sur la table son vieux bol jaune et le lait froid, comme tous les jours.

Puis, elle boucla sa valise et partit sans se retourner. Sur la table, elle avait laissé un petit bout de papier blanc où elle avait écrit « merci ».

Ses mots l'avaient apaisée et rendue plus forte. Maintenant, sa quête était finie. Elle avait compris. Elle avait le courage de le quitter.

Pour ne pas finir par le tuer, comme le premier.

Le Dix, vers Fay...

> « *Dans la vengeance et en amour,*
> *la femme est plus barbare que l'homme.* »
> Friedrich Nietzche

Dimanche 10 novembre 2013
Fay Les étangs (Oise)

Je savais qu'il ferait son jogging comme tous les dimanches matin.

La trentaine élancée, il avait à cœur d'entretenir son corps comme son esprit, c'est ce que j'appréciais chez lui.

Nous étions cadres dans une entreprise des Yvelines et l'allure, l'image avaient beaucoup d'importance : un cadre commercial même performant, même compétent ne pouvait pas se laisser aller selon la culture d'entreprise du groupe américain DEAL.

Hugues ne dérogeait pas à la règle : comme nous tous, il entretenait sa forme en courant et en portant des poids à la salle de sport institutionnelle midi et soir, la peau luisante de sueur sous son débardeur bleu, mettant en valeur une peau hâlée et des biceps savamment travaillés.

Il soignait son look jusque dans les moindres détails : cuissard noir de grande marque moulant ses formes avantageuses, chaussures de sport colorées assorties au T-shirt, sa barbe soigneusement taillée pour paraître viril sans être négligé, ses boucles brunes soigneusement arrangées pour lui donner l'air décontracté : même lorsqu'il courait au milieu des champs, Hugues se voulait impeccable. Un piège à filles redoutable.

La campagne était déserte en cette journée d'automne froide et humide, juste ce qu'il me fallait !

Les feuilles marron et rouge jonchaient le sol de chaque côté de la route, l'asphalte était encore humide de la pluie continue de la nuit et le pâle soleil de novembre réchauffait à peine l'atmosphère. La route formait un ruban, anthracite et sinueux dans la campagne encore verte. Les pruniers du verger étaient désormais mis à nu, eux qui avaient nourris l'été bien des promeneurs insouciants et gourmands.

Deux chevaux dans le pré face aux arbres fruitiers paissaient tranquillement, me couvant du coin de leurs yeux bruns et doux ourlés de longs cils. Une bergeronnette des ruisseaux perchée sur une branche appelait sa famille d'un petit cri bref. Sa longue queue jaune et grise tressautait au rythme de ses mouvements et elle agitait sa petite tête de piaf de droite à gauche, surveillant les environs à l'affût d'un insecte en guise de petit déjeuner.

Je le voyais de loin, indifférent à ces appels de la nature, avalant les kilomètres, ses écouteurs bien rivés dans les oreilles et connectés au dernier modèle d'Apple.

Je savais ses goûts en matière de musique plutôt éclectiques : il écoutait aussi bien Wolfgang Amadeus Mozart que les Red Hot ou encore Diana Ross.

Il semblait bien dans son temps, bien dans son corps et ne se posait pas de questions sur les raisons de son bonheur.

Il avait réussi socialement, il était séduisant, célibataire et pouvait s'offrir tout ce qu'un cadre de trente-deux ans avait besoin de s'offrir comme signes extérieurs de richesse : une belle voiture, des fringues chic, une semaine de ski l'hiver et trois semaines l'été dans une île paradisiaque.

Rien ne manquait au catalogue !

Tandis que tous ses muscles se tendaient par l'effort engagé pour attaquer les derniers kilomètres, il aperçut à environ cinq cents mètres la colonne de fumée. Elle provenait de l'étang des fées récemment rouvert au public, où je me trouvais.

Malgré la fatigue qu'il ne manquait pas de ressentir, je le vis forcer l'allure pour venir sur place.

Moins de cinq minutes plus tard, il arriva devant le portail fermé et se rendit compte que des flammes et de la fumée s'élevaient du site ; le feu avait pris à l'intérieur...

J'avais misé sur son courage, je ne m'étais pas trompée. Hugues décida d'escalader le mur d'enceinte pour rentrer et essayer d'aider si c'était encore possible.

Les ronces et les rugosités du mur lui égratignèrent les mains et les avant-bras lorsqu'il se hissa pour passer de l'autre côté, me décochant un sourire satisfait. Là, un spectacle effarant l'attendait... Au fond de l'enceinte, près de l'étang, une voiture embrasait l'atmosphère et rien ne semblait pouvoir arrêter la catastrophe. Il jeta un regard circulaire car une idée aussi stupide que fugace lui traversa l'esprit : il devait éteindre lui-même le brasier. Rien ni personne alentour. Il sembla hésiter puis, convaincu qu'il ne pourrait pas jouer les héros, se résolut, impuissant, à appeler la gendarmerie.

Il composa le 112 sur son Iphone5 (ils les achetaient tous dès leur sortie) :

— Gendarmerie de Chaumont-en-Vexin ?

— Bonjour, c'est un appel urgent : Je me trouve à l'étang situé sur la route entre Fay et Liancourt. Une voiture est en train de brûler et je ne peux rien faire...

— Ne bougez pas, monsieur, et éloignez-vous le plus possible de la voiture, nous arrivons avec les pompiers. Donnez-moi votre nom s'il-vous-plait ?

— Hugues LIVIER, L I V I E R. Merci. Faites vite !

Moins de dix minutes s'écoulèrent avant que les sirènes ne se fassent entendre et pourtant, je percevais avec satisfaction que pour lui, l'éternité pouvait ressembler à ce moment. Le plan d'eau était entouré d'herbe mais les arbres étaient nombreux et des saules pleuraient leurs branches très près du véhicule, trop près... Des flammèches s'échappaient et allaient lécher l'arbre triste, comme pour raviver son ardeur. Le léger souffle matinal portait jusqu'aux lézardes du mur des comètes incandescentes menaçant le lierre qui le recouvrait. La cabane en bois qui abritait le matériel de pêche était fort heureusement plus loin et difficile à atteindre par les éclairs de feu qui se tordaient et s'étiraient, prêts à en découdre avec un quelconque végétal qui se mettrait en travers de leur chemin.

Les pompiers furent les premiers sur place et, très vite,

l'incendie fut circonscrit. Il ne resta bientôt plus que la carcasse calcinée comme funeste preuve du fait divers dominical dans ce petit village sans histoires, que les autochtones nommeraient plus tard « le fait divers du dix vers Fay ».

L'adjudant-chef CLAUDEL vint recueillir le témoignage de Hugues et prendre ses coordonnées avant de le laisser rentrer chez lui.

— Nous allons ouvrir une enquête et vous serez invité à venir faire votre déposition à la gendarmerie. Merci de votre collaboration, Monsieur. Voulez-vous que ma collègue vous raccompagne ?

— Non, je vous remercie. Marcher me fera du bien. Je suis encore un peu secoué.

Je le suivis à distance raisonnable quand il rentra d'un pas vif et lui soufflai les questions qui continuèrent à le tarauder sous la douche - A qui était cette voiture ? Comment était-elle arrivée là et pourquoi ? Qui l'avait incendiée ? – Celles-ci s'estompèrent au profit de préoccupations professionnelles qui se rappelaient à lui sous forme de mails agressifs et pressants. Hugues, pour grimper les échelons de l'ascenseur social, avait dû batailler dur et sans états d'âmes (j'en avais fait les frais) et était enfin pressenti pour un poste de responsable grands comptes. Evidemment, cela l'obligeait à être connecté et réactif en permanence, et empiétait sur sa vie privée. Mais finalement, à part son boulot, qu'est-ce qui remplissait réellement sa vie ?

MARDI 12 NOVEMBRE 2013. 8H12.
SAINT GERMAIN EN LAYE (YVELINES), SIÈGE DE DEAL

Hugues arriva au bureau de bonne heure ce mardi là. Ce n'était pas dans ses habitudes, lui qui préférait de loin travailler tard le soir mais ses deux dernières nuits avaient été hantées par des cauchemars et des suées nocturnes, savamment orchestrés par mes soins ! L'incident dont il avait été le témoin le perturbait plus que de raisonnable, sans qu'il réussisse à savoir pourquoi.

Je l'épiais quand il déposa ses affaires dans l'open space lumineux où se trouvaient nos bureaux, meublés design et agrémentés de gigantesques plantes vertes pour le Feng Shui. Il était impeccable dans son costume gris tendance et je le surpris en train d'admirer son reflet en passant devant la cloison vitrée qui le séparait du couloir. Ses chaussures italiennes en cuir souple glissaient sur la moquette sans bruit, et son arrivée surprit deux de ses collaboratrices en grande conversation devant le percolateur dernier cri mis à disposition par notre employeur. Elles parlaient de moi.

— Tu as vu Léonie avant son arrêt ? Elle était complètement à cran, elle m'a fait refaire trois fois le devis pour nos clients londoniens...

— Ne m'en parle pas, on était amies autrefois, les derniers temps c'est à peine si elle m'adressait la parole, elle était persuadée que tout le monde lui en voulait ! Elle disait même qu'on allait la virer à cause de l'autre qui...

La jeune femme s'interrompit brusquement en voyant Hugues et changea instantanément de comportement, adoptant un ton mielleux. J'avais toujours détesté cette hypocrite… mon amie, tu parles !

— Hugues, vous êtes matinal ! Vous avez passé un bon week end ?

Elle passa imperceptiblement sa langue sur ses dents blanches avant de lui lancer un sourire éclatant et vérifia de la main que ses cheveux blonds étaient parfaitement coiffés.

— Bon n'est pas le mot juste mais inhabituel, ça oui !, souleva Hugues avant de revenir à un sujet plus terre à terre. Bien, allons nous mettre au travail, les clients n'attendent pas.

Le ton était sans appel. J'adorais son autorité ! Les deux jeunes femmes le suivirent, se lançant un regard complice qui signifiait « dommage qu'un mec aussi beau ne pense qu'au boulot… ». Elles s'exécutèrent néanmoins sans sourciller, on ne plaisantait pas avec les ordres de la hiérarchie chez DEAL.

Sa journée fut dense, ponctuée de devis, coups de fils à l'international et rendez-vous divers ; Hugues s'oublia dans cette pression qui le rendait quasi invincible sur son terrain, super commercial sans limites et sans freins. Il devait mettre les bouchées doubles car il devait faire aussi mon boulot depuis deux semaines. On ne parlait que de ça dans les couloirs de DEAL, le burn out de Léonie, la maladie à la mode qui atteignait les cadres dépassés par trop de stress, submergés par la pression d'une société toujours plus rapide, plus exigeante… S'ils savaient !!!

Il n'y avait pas de place pour les losers chez DEAL, j'en avais pris conscience quand j'avais été rétrogradée sous les ordres de Hugues, moi qui travaillais dans l'entreprise depuis plus de dix ans et qui avais investi tant d'énergie, des soirées complètes et des week-ends entiers. Pendant notre entretien, le patron m'avait gentiment dit que cette décision était faite pour me protéger, que je devais prendre du recul, me remettre en question... Discours préétabli pour éviter tout clash mais depuis ça avait été de mal en pis. J'étais sortie du grand bureau du dernier étage les yeux rougis, dévastée de tant d'injustice puis m'étais renfermée sur moi-même. Je ne supportais plus la moindre remarque et m'en prenais régulièrement à mon ordinateur qui cristallisait toutes mes rancœurs dès qu'il buggait... Faute de mieux ! Pire, j'accumulais les erreurs et leur avais fait perdre un très gros client le mois dernier. La goutte d'eau pour le patron qui m'avait humiliée publiquement, au milieu du bureau paysager, sans que personne ne lève le petit doigt pour me défendre ou me soutenir.

Ensuite, tout le monde s'est mis à m'éviter, comme si ma disgrâce hiérarchique pouvait être contagieuse ! L'escalade habituelle consécutive à la souffrance profonde d'une salariée, sur laquelle tout un chacun préfère fermer les yeux pour ne pas avoir à prendre parti, pour faire semblant d'oublier que le harcèlement est puni de deux ans d'emprisonnement et de 30 000 € d'amende par le code pénal.

Je déjeunais seule, travaillais seule, quittais le travail le soir encore seule. J'ai fini par craquer et, un matin, je ne me suis pas présentée. J'avais besoin de temps pour fomenter ma vengeance.

Je savais que Hugues ressentait un peu de honte et de

culpabilité de n'avoir pas tenté de gérer la situation. Quand il avait intégré l'entreprise, je l'avais formé et nous avions travaillé ensemble pendant près de deux ans, en compétition souvent pour le meilleur chiffre d'affaires, pour finir « commercial du mois » et gagner les voyages, les primes ou les gratifications sensées récompenser l'excellence chère à DEAL. A l'époque, j'affichais l'image de la femme d'affaires élégante, active et forte, il aimait à se faire voir à mes côtés. Un soir où nous travaillions tard, nous avions même démarré une courte aventure par une étreinte torride sur un bureau. Un corps à corps dicté par les hormones mais teinté de sentiments en ce qui me concernait. J'étais une très belle femme, de plus de dix ans son aînée, mais ne serai jamais la mère de ses enfants.

J'avais pris soin d'être très sexy dans ma jupe noire fendue, mon chemisier savamment ouvert sur une poitrine charnue et encore ferme, je me suis offerte et il a succombé. Cela s'était reproduit quelques fois, toujours au bureau, rapidement, sauvagement, presque brutalement. Nous n'en parlions jamais, ce type de relations me convenait, plaisirs fugaces entre adultes consentants.

Ensuite, la gêne s'était installée à mesure que je lâchais prise et que mon physique me trahissait. Ce salaud s'était éloigné, par mimétisme avec les autres, ceux qui représentaient pour lui les étoiles montantes de l'entreprise, les dirigeants de demain, ceux à qui il fallait ressembler à tout prix.

En fin de journée, alors qu'il s'était plongé dans les statistiques du taux de concrétisation du service, mes observations furent interrompues par la sonnerie de son portable.

— Hugues LIVIER, bonsoir,

— Bonsoir, Monsieur LIVIER. Gendarmerie de Chaumont-en-Vexin. Nous aimerions vous entendre au sujet de l'incident du dix, vers Fay. Nous avons du nouveau. Pouvez-vous passer ce soir ?

— Oui. Le temps de rentrer. Dans une heure environ ?

— C'est parfait. Nous vous attendons.

Il rangea ses affaires à la hâte, je le sentais excité et contrarié, à ma grande satisfaction.

Il quitta Saint Germain à dix-huit heures, moi à l'arrière de son Tiguan noir toutes options. Nous fumes vite coincés dans les bouchons traditionnels des heures de pointe. Je discernais sa hâte de regagner le calme de la campagne, les routes presque désertes hormis un renard ou un lièvre parfois figés dans la lumière des phares.

౬౩

MARDI 12 NOVEMBRE 2013. 19H56. CHAUMONT-EN-VEXIN (OISE), GENDARMERIE NATIONALE

Lorsqu'il se gara devant la gendarmerie, rue Emile Deschamps, il était pratiquement vingt heures et Hugues avait bien du mal à garder son calme tant il détestait avoir du retard ; c'était pour lui un manque inadmissible de contrôle qu'il ne supportait pas chez ses contemporains et par principe, il s'appliquait en priorité les exigences qu'il avait envers autrui.

Il se présenta au bureau d'accueil, moi derrière ses talons.

— Bonsoir. Je suis Hugues LIVIER. J'ai été contacté cet après-midi au sujet de l'incendie de dimanche dernier. Je suis vraiment désolé de ce retard, j'ai été bloqué dans la circulation, très dense en fin de journée dans les Yvelines.

— Pas de problème, M. LIVIER. L'adjudant chef CLAUDEL vous attend pour prendre votre déposition. Je vous accompagne dans son bureau. Suivez-moi.

Hugues suivit la jeune femme et je le surpris reluquant les formes féminines et fermes moulées dans le pantalon bleu marine. Les cheveux qui avaient été disciplinés par des pinces et des élastiques, s'échappaient malgré tout par endroits en boucles libres et souples. Il se dégageait de la gendarme une aura de douceur en totale contradiction avec la rigueur de l'uniforme et l'arme ancrée à sa ceinture. J'espérais qu'ils ne soient pas tous ainsi ! Il fallait qu'il en bave un peu !

L'adjudant-chef CLAUDEL se leva pour l'accueillir à son bureau. L'air et le ton de la voix étaient graves.

— Veuillez-vous asseoir, M. LIVIER, je vous prie. Je vous ai fait venir pour prendre votre déposition. Comme je vous l'ai dit au téléphone, nous avons des éléments nouveaux...

— Je serai ravi de vous aider.

— Bien. Vous nous avez contacté le dimanche dix novembre, vers huit heures quarante du matin, pour un incendie ayant pris sur un véhicule garé à l'intérieur d'une enceinte privée et dont le portail était verrouillé, c'est bien ça ?

— Oui. Je faisais mon jogging sur la route quand j'ai vu

les flammes. J'ai essayé de rentrer par le portail mais il était fermé, alors j'ai escaladé le mur.

— Avez-vous aperçu quelqu'un sur la route, ou à l'intérieur ?

— Non. J'étais seul. J'ai même cherché de l'aide pour éteindre le feu. Mais il n'y avait personne et rien qui pouvait me servir. C'est alors que je vous ai appelé. Presque immédiatement.

— Très bien. Connaissiez-vous cette voiture ? Une Audi A3 blanche, immatriculée dans les Yvelines ?

— Je n'ai pas prêté attention à la marque de la voiture, on la distinguait mal. Les véhicules des commerciaux de ma société sont des Audi A3 blanches. Mais c'est un modèle courant.

— Pas tellement dans notre commune, M. LIVIER. Et ce qui est encore moins courant, c'est de trouver un cadavre dans le coffre à hayon.

— Que dites-vous ?

Les choses prenaient une tournure intéressante ! Hugues commençait à blêmir, interloqué par l'annonce du gendarme. Il revivait la scène intérieurement, en accéléré. Avait-il manqué quelque chose ? Aurait-il pu sauver cette personne ? Etait-elle vivante quand il était arrivé sur les lieux ? Se pouvait-il qu'il y ait eu des bruits ou des gémissements et qu'il n'ait rien entendu ?

La culpabilité, celle qui torture l'âme, venait de faire son apparition dans son petit cerveau de mâle trop sûr de lui !

— Je dis que quelqu'un se trouvait dans le coffre de

cette voiture. Le corps calciné nous laisse peu de chances de savoir rapidement de qui il s'agit. Vous avez une idée ?

— Non, comment le saurais-je ?

De ma position, derrière le gendarme, on distinguait parfaitement son malaise, sa carapace se fissurait, il sentait les choses lui échapper peu à peu et je savais qu'il détestait ça. Il commençait même à transpirer, l'exiguïté du bureau et le ton suspicieux utilisé commençant sérieusement à l'affecter.

— Parce que vous étiez le seul sur les lieux, M. LIVIER. Et parce que ce corps n'est peut-être pas arrivé de lui-même dans le coffre... Nous ne savons pas encore si c'est l'asphyxie due aux fumées qui a entraîné la mort ou si la femme était morte avant d'être placée là.

— C'était une femme ?

— Oui. C'est la seule certitude que nous ayons actuellement, révélée par l'autopsie. La police scientifique poursuit son travail. Mais nous privilégions la piste criminelle, c'est pourquoi tout ce dont vous pourrez vous souvenir est important.

— Je suis désolé. Je n'ai vu personne, et je ne me rappelle de rien de spécial... Je faisais juste mon jogging et j'ai vu ces flammes...

— Vous dites que le portail était fermé ; effectivement, quand les pompiers sont arrivés, le portail était tenu fermé par une lourde chaîne et un cadenas. Mais la serrure avait été forcée.

— J'ai essayé de rentrer par la porte mais j'ai constaté qu'elle était fermée. Je ne me suis pas attardé, j'ai escaladé le mur, il y avait urgence.

— Et pourquoi n'avez-vous rien tenté pour éteindre l'incendie ? Vous aviez des litres d'eau à portée de main..

— Je vous l'ai dit, l'idée m'est venue, mais je n'ai pas trouvé le moindre récipient.

— Très bien, M. LIVIER, restons-en là pour ce soir. Vous devez rester à disposition de la justice durant l'enquête. Je vous raccompagne.

C'EST TOUT ??? Vous auriez pu le cuisiner un peu plus, le faire douter, prendre peur... Je dois me charger moi-même de lui glisser des idées malsaines maintenant !

ಐ

MERCREDI 13 NOVEMBRE ; SAINT GERMAIN EN LAYE (YVELINES), SIÈGE DE DEAL

Hugues arriva vers dix heures ce matin-là, avec la migraine. Les révélations de la veille l'avaient plongé dans un profond désarroi et je lui avais susurré à l'oreille de passer la soirée sur son canapé avec une bouteille de bourbon car je sais qu'il ne supporte pas l'alcool.

L'effervescence inhabituelle et tous les regards qui fuyaient à son approche me mirent en joie : phase numéro deux !

Sur son PC, un post-it : « M. DE SAINT PONTHIEU vous attend dans son bureau dès votre arrivée ».

C'est bien le moment, pensa Hugues, *je n'arrive pas à aligner deux idées et Ponthieu me convoque... il va encore me mettre la pression...*

Il grimpa au dernier étage et, non sans avoir été annoncé par l'assistante du big boss, pénétra dans l'antre de la Direction, l'immense bureau en acajou trônant au centre d'une pièce luxueusement décorée avec des éléments d'art moderne subtilement associés aux arts primitifs africains.

Il fut reçu froidement par notre P.D.G visiblement soucieux. M. DE SAINT PONTHIEU arborait la cinquantaine bien conservée, des cheveux poivre et sel encore drus encadrant un visage hâlé par des voyages d'affaire sous des cieux très cléments, même en cette saison pluvieuse sous nos climats tempérés. Cela laissait apparaître ses rides du lion mais ajoutait à son charme, pensait-il. Aussi, il ne souhaitait pas avoir recours au Botox ou à un quelconque lifting. Une Rollex brillait évidemment à son poignet. Il avait réussi dans la vie. Sur le dos de pauvres pommes comme Hugues et moi.

— Asseyez-vous, LIVIER. La situation est grave. Nous avons l'inspection du travail sur le dos.

— Que se passe-t-il ?

— Nous sommes accusés de harcèlement moral par l'une de vos collaboratrices, Léonie. Elle a alerté l'inspection du travail et nous accuse, vous, de moqueries répétées à son encontre pour la rabaisser et prendre sa place, et moi de l'avoir rétrogradée injustement au lieu de la protéger. Les représentants du personnel sont au taquet, et je n'ai pas trente-six solutions.

— Que voulez-vous dire ?

— Je vous signifie votre mise à pied à titre conservatoire, en attendant l'issue de l'enquête interne. Je n'ai pas le choix, mon vieux, elle demande la reconnaissance d'une maladie professionnelle, elle est soutenue par une armée de psys, elle passe pour une victime. Peut-être que le challenge vous a fait perdre la tête et rendu malveillant envers elle ?

— Mais pas du tout ! Je n'ai jamais été malveillant ! Indifférent, j'admets, comme tout le monde !

— L'indifférence peut être ressentie comme de la malveillance par les personnes fragiles, vous comprenez ? Et c'est vous qui êtes mis en cause, pas « tout le monde »... je suis désolé, signez ici après avoir noté « Remis en main propre contre décharge ».

Hugues s'exécuta, sortit du bureau sonné et préféra quitter l'entreprise sans repasser par son bureau, pour ne pas avoir à affronter les regards dont il comprenait maintenant parfaitement le sens.

Enfin, il ressentait la même chose que moi !

☙

VENDREDI 06 DÉCEMBRE 2013 ; LIANCOURT SAINT PIERRE (OISE), DOMICILE DE HUGUES LIVIER

Hugues était affalé sur sa table de cuisine, en jogging informe, pas rasé. Les dernières semaines avaient accéléré sa descente aux enfers ; d'interrogatoires en ruminations, sa carapace de trentenaire invincible avait volé en éclats.

J'avais d'abord été formellement identifiée comme étant la victime, grâce à l'ADN, et Hugues avait été le principal suspect en raison de nos relations, et de sa présence sur les lieux. Mon plan avait fonctionné à merveille !

On l'avait placé en garde à vue, « cuisiné » à intervalles réguliers, laissé croupir dans une cellule vide pendant des heures, dépouillé de ses effets personnels. J'avais assisté à sa déchéance, m'étais délectée de ses tourments, de ses remords, des affres de la culpabilité qui le laissaient sans répit.

On l'avait finalement relâché, fautes de preuves et d'aveux. On avait pas trouvé de mobile et les enquêteurs ont conclu au suicide quand ils ont découvert que le feu était parti de l'habitacle de la voiture. Ils avaient retrouvé les restes du lien de serrage que j'avais utilisé pour refermer la porte de l'intérieur, et les analyses avaient révélé la forte dose de médicaments que j'avais absorbée bien avant de mettre le feu, pour m'endormir sans souffrir. Je voulais être déjà morte quand mon corps se consumerait !

Quoiqu'il en soit, Hugues se sentait de plus en plus mal, coupable du fait même de paraître innocent, ses journées étaient tragiquement vides : plus de boulot donc plus de relations. Il n'avait pas d'amis, je lui en avais donné la certitude. Rien que moi. Ses quelques potes avec qui il sortait étaient tous des contacts professionnels et son portable n'avait plus sonné depuis sa mise à pied. Il n'avait plus l'envie de courir, plus de raison de s'entretenir. Il avait lâché prise. Enfin !

Sur sa table, la première de couverture de Oise Hebdo titrait « Mise en scène macabre : Elle s'immole dans le coffre de sa propre voiture pour se venger d'un collègue » et côtoyait le courrier de DEAL, reçu en recommandé avec accusé de réception qui « avait le regret de lui signifier son licenciement pour faute grave »... Son regard fatigué se tourna vers la baie vitrée. Il était temps de donner l'estocade finale et il serait tout à moi !

Je lui apparus dans le reflet de la fenêtre, rayonnante, un sourire éclatant aux lèvres comme après le plaisir de nos étreintes, et je lui murmurai :

— Viens me rejoindre, on est unis maintenant, et je serai toujours là pour toi, je suis sereine à présent et je t'ai pardonné.

Apaisé, vaincu, consentant, il s'endormit, une bouteille de bourbon parfaitement alignée à côté de sa boîte d'anxiolytiques, vides toutes les deux.

Fleuri Myosotis

« Seul le corps peut aller en prison, l'esprit ne peut être prisonnier, on ne peut pas attraper le vent. »
Sahar Khalifa

Je somnole sur mon lit, dans une semi transe. Les murs de ma chambre sont bleu délavé et un rai de lumière filtre par la fenêtre. Tout tient dans mon neuf mètres carrés : le lit tubulaire, les toilettes, le lavabo, la table en pin taggée, la télé : Ikéa n'a qu'à bien se tenir, c'est un modèle d'aménagement pratique de petits espaces ! Pour les douches, c'est à l'extérieur. Pour le confort, c'est dans une autre vie !

Je délire, comme chaque jour à cette heure-ci. Chaque jour depuis six mois. Quand je suis arrivée à la résidence des Myosotis, je pensais que j'allais m'y faire à défaut de m'y plaire. Mais la première impression a été le choc : on te demande de te mettre à poil devant un public sarcastique, tu passes à la désinfection, du coup tu te demandes si t'es tombée dans une faille du continuum espace-temps et si tu as atterri à Auschwitz ou à la SPA... Quant à la fouille pénétrante dans tous les sens du terme, faudrait vraiment être la reine des perverses pour trouver ça jouissif.

Tout ce qui m'était cher m'a été retiré ; je n'avais ni montre ni alliance alors je n'ai plus rien. Si tu es mariée, tu peux en garder le symbole, peut-être pour le montrer et gagner un semblant de respect ? Pour ce que ça change ici ! Si tu es au goût d'une pensionnaire, tu peux t'attendre à y passer un jour ou l'autre... Quant à la montre, voir s'égrener les heures peut être à la fois une torture ou un soulagement, selon les moments et ton état d'esprit. Et puis, aux Myosotis, le temps est cadencé par les cliquetis métalliques, les conversations, les cris, les repas, les promenades, on peut toujours savoir à quel moment de la journée on est, sauf la nuit qui est presque aussi bruyante que le jour, mais moins rythmée et plus noire.

On m'a donné un numéro... Comme à Auschwitz ou à la SPA, sauf qu'on ne me l'a tatoué nulle part. « Je ne suis pas un numéro, je suis une femme libre[1] » ai-je eu envie de crier, mais ici on est toutes des numéros, alors autant ne pas se faire remarquer par des considérations philosophiques déplacées... D'autant que je fais partie d'une minorité qui lit et réfléchit à la quintessence de la vie. Ici, mes colocataires sont davantage préoccupées par les amours affichées de M Pokora à Roland Garros que par la percée du Front National aux européennes... Mieux vaut ne pas étaler mon Bac+4 si je ne veux pas avoir quatre fois plus de bleus. Le bleu Myosotis est un joli bleu tirant sur le mauve, mais il fait mal quand même.

Il est dix-huit heures, bientôt l'heure de dîner. Je jette un coup d'œil circulaire à ma chambre. Le lavabo, blanc

---

1 Référence à la phrase de la série « Le prisonnier », fin des années 60.

à l'origine, tire sur le jaune crasseux malgré mes régulières frénésies de nettoyage ; le muret d'un mètre érigé devant les toilettes cache à grand peine l'intimité de mes défections quotidiennes mais je m'en fous pas mal. Je me suis habituée à être observée dans tous mes états et une forme d'exhibitionnisme a dû naître chez moi car j'y prends presque plaisir.

En fixant le plafond et ses tâches, comme si je jouais au jeu des nuages, j'essaie de deviner le menu roboratif du jour : purée synthétique, nouilles collantes ou riz gluant ? Peu m'importe du moment que mon estomac gavé à souhait s'arrondit et se tend, rassasié jusqu'au prochain repas. Je n'ai pas les moyens de cantiner des douceurs et je dois me contenter des subsistances tièdes et compactes que l'on me sert quotidiennement.

J'entends du mouvement dans les couloirs, des cris, des sifflets. Il est 18h15, la distribution a commencé. Je me lève pour ranger ma table de salle à manger qui me sert aussi de bureau, et fait une pile bien symétrique avec mes livres et une autre, parallèle, avec mes cahiers noircis de notes de toutes les couleurs. J'ai toujours adoré collectionner les stylos et gadgets publicitaires glanés au fil des salons dans ma vie d'avant et je les garde précieusement dans une trousse d'écolière depuis longtemps défraîchie.

L'œilleton est soulevé puis rabattu sèchement avant que la lourde porte ne s'ouvre en grinçant.

— TESSIER ? Aboie la surveillante
— Oui, chef ?

Elle se rengorge dans son uniforme à en faire exploser le tissu de sa veste autour de ses énormes seins. Elle adore que je l'appelle « chef ». J'en fais des tonnes pour qu'elle m'ait à la bonne et ça semble marcher. J'assume la manipulation.

— Ton dîner. Besoin d'autre chose ? Somnifères ?

— Non, chef, merci.

Elle s'efface alors pour laisser place à l'auxiliaire qui sert les repas et je la vois. Elle est penchée sur le chariot et arrange les barquettes sur mon plateau. Ses cheveux blonds coupés en carré tombent en boucles mousseuses devant ses yeux. Elle est petite, mince et sa blouse de service cache toutes ses formes. Elle lève ses yeux noisette vers moi et me demande timidement : Voulez-vous du pain ?

Je ne réponds pas. Je suis totalement scotchée. Son allure, son petit accent, son sourire et la paix qu'elle dégage, tellement surprenante aux Myosotis, c'est tout simplement incroyable.

Elle me tend mon plateau à la porte et je reste plantée là, ma pitance à la main, longtemps après le bruit sourd de la fermeture. J'ai vu un ange.

Cette nuit-là, mon sommeil est paisible, entrecoupé de rêves où une fée blonde penchée vers moi chante une chanson douce qui parle d'amour et de pardon. Nous sommes au bord d'un lac et la fraîcheur de l'eau contraste avec la chaleur brûlante de ce mois d'été. Nous sommes allongées dans l'herbe, heureuses. Les oiseaux nous observent, attendris, en babillant.

Je me réveille en pleine forme peu avant que les lumières ne nous rappellent à l'ordre. Il faut que je fasse ma toilette. J'y mets un soin tout particulier et ajoute même une touche légère de maquillage et un soupçon d'eau de Cologne. Le miroir piqué me renvoie l'image d'une femme mûre mais encore belle.

L'espoir me donne une aura arc-en-ciel, lumineuse.

Mon attente est déçue. Les jours suivants s'enchaînent comme autant de jours mornes et sans intérêt et mon énergie commence à décroître. Je perds l'appétit, la motivation et le sommeil, mes anciens démons reviennent la nuit, les mêmes questions me hantent encore et encore.

Pourquoi étais-je sur cette route de campagne à cette heure-là ?

Pourquoi ai-je voulu éviter ce chat ?

Pourquoi cet homme téléphonait-il sur le bas-côté ?

Aux Myosotis, il ne vaut mieux pas se poser trop de questions : ça vous pourrit le cerveau, vous tord les boyaux, vous empoisonne la vie et ralentit la grande horloge qui vous mène vers la liberté. Les heures s'allongent, les minutes se figent, vous ressentez bien chaque seconde que vous regrettez votre passé, que vous êtes indifférent au présent et que votre avenir semble reculer à mesure que vous cherchez à le construire. Un régal pour psy en mal de névroses. Le nôtre, aux Myosotis, adore qu'on se pose des questions. Et quand on ne s'en pose pas, il s'en charge. Je suis allée le voir plusieurs fois, au début.

Mais que lui dire ?

Je lui ai raconté que j'avais une vie banale, un boulot banal, une famille banale. Le bonheur ordinaire que rien ne semblait pouvoir venir ébranler. J'étais prof dans un lycée de banlieue, j'enseignais le français à des adolescents très occupés à le bafouer aussitôt repris en main leurs smartphones. Je gagnais bien ma vie, mon mari aussi, mes enfants étaient grands et avaient quitté le nid. L'une vivait dans le sud et l'autre en Australie. J'avais un appartement en ville avec carré potager en terrasse, une grosse voiture hybride, tous les signes extérieurs de la Bobo qui s'affiche.

Il m'a écoutée sans broncher. Impossible de savoir s'il était sincèrement intéressé ou si il faisait et défaisait mentalement sa liste de courses. J'ai mis trois séances à lui raconter pourquoi j'étais là :

— Un soir de printemps, je ne suis pas rentrée directement. La route était déserte, je l'avais empruntée à maintes reprises et je conduisais automatiquement, repassant mentalement les événements de ma journée passée. Le chat a surgi du champ de colza. Les pousses jaunes étaient hautes et j'ai été surprise par son apparition subite. L'adrénaline m'a fait tourner le volant pour l'éviter car j'affectionnais particulièrement les chats. Quelle ironie ! Le chat s'en est tiré, lui.

J'ai perdu le contrôle, fait un tête à queue, atterri dans un arbre. Au détour du virage, je l'avais aperçu fugacement, accoudé à sa voiture, qui souriait, le téléphone à la main. Il n'avait pas vingt ans. Je l'ai fauché dans ma course effrénée et incontrôlable et il est mort sur le coup. J'ai pris trois ans pour homicide involontaire et perpète pour ma conscience. Depuis, je hais les chats.

Après mes révélations, le trou noir. Plus rien à dire au psy. Alors j'ai arrêté.

A présent, je travaille dans une grande salle où on a de beaux casques et des micros pour proposer à des gens qu'on ne connaît pas des objets en tous genres dont ils n'ont absolument pas besoin. Mais ça me fait un peu d'argent car je n'ai ni mandats ni visites depuis que la vérité a éclaté au procès. La Bobo avait une liaison. Elle n'aurait jamais dû se trouver là. Mes amis et ma famille m'ont condamnée bien plus sévèrement que la justice et je ne peux plus compter que sur moi-même. Mon travail me donne de quoi négocier diverses faveurs et acheter de temps en temps du chocolat, mon antidépresseur préféré.

Après le travail, on a la possibilité de prendre une douche. Je ne raffole pas des douches communes parce que la proximité des corps nus peut engendrer des besoins non pourvus, faute de mâles dont nous sommes rigoureusement séparées par des portes à barreaux et des emplois du temps strictement différents. Certaines déploient des trésors d'imagination pour remplacer l'attribut masculin dont elles sont cruellement dépourvues et aimeraient faire don de leur nouvelle virilité à des pensionnaires qui n'ont rien demandé. L'une d'elles est particulièrement redoutée car elle a développé une musculature et une force qui pourraient faire pâlir plus d'un homme et elle est connue pour avoir de gros besoins sexuels.

Je joue de malchance, elle est là et je reste stupéfaite par sa poitrine qui a laissé place à des pectoraux. Elle est imposante, ses cheveux noirs coupés à la garçonne montrent bien à quel point elle cultive et revendique son aspect masculin. Evidemment, elle garde aussi sa pilosité intacte, chose devenue rare chez une femme. Je la détaille un peu trop longuement à son goût et elle m'interpelle, en me fixant d'un air salace :

— Qu'est-ce que tu regardes ? T'as faim ? Tu veux que Marcelle s'occupe de toi ?

Merde, je l'ai provoquée, va falloir payer d'une manière ou d'une autre.

— Non, pas aujourd'hui. On peut négocier ?
— Ouais. Dommage, t'as l'air bonne. Deux paquets de clopes et je te fous la paix.
— OK. Je te les fais passer ce soir.
— Ça marche.
— Vas-y bébé, savonne moi, rajoute-t-elle en se retournant.

Je remarque seulement maintenant, ébahie, qu'ELLE est derrière, nue, soumise, tête baissée. Ses cheveux mouillés lui donnent l'air d'une gamine perdue et elle lève vers moi un regard suppliant avant de s'exécuter et de passer ses délicates mains blanches sur le corps mi-homme mi-femme de Marcelle la Perverse.

Bon Dieu, j'aime tout chez elle : son corps évanescent, ses petits seins, son pubis à peine couvert, son grain de beauté à droite du nombril.

Marcelle lui saisit la main pour l'amener vers son sexe et mon sang ne fait qu'un tour. Pas ELLE. Je ne peux pas laisser faire. Je me jette entre elles deux et tente de les séparer. J'essaie maladroitement de lui balancer un coup de poing mais elle esquive, je réussis à peine à la griffer ! Après quelques secondes de lutte, Marcelle m'envoie valser d'une droite, je retombe lourdement et je me cogne la tête contre le carrelage blanc et humide. La vapeur m'enveloppe et je m'évanouis, tandis que je croise son regard apeuré.

Je me réveille à l'infirmerie. Le sang cogne à ma tempe gauche comme dix cuites et j'ai du mal à ouvrir la paupière. Je suis dans la pénombre. Depuis combien de temps suis-je ici ? Les souvenirs reviennent peu à peu, et ma rage enfle.

Je m'agite, essaie de me lever. Que lui a-t-elle fait ? Où

est-elle à présent ? Je me débats sur mon lit, sans succès : je suis sanglée. Je crie, j'appelle et un médecin finit par venir.

— Eh bien, Madame TESSIER, du calme ! Voyez ce que vous a valu votre dernier excès de rage... S'attaquer à quatre-vingt-quinze kilos de muscles dans les douches, ça n'est vraiment pas raisonnable !

Elle me parle avec gentillesse et habileté, tout en approchant une seringue probablement chargée d'un puissant calmant.

— Non, s'il-vous-plaît ! Je me calme mais répondez à ma question : où est-elle ? Pourquoi est-elle ici ?

Elle s'arrête, seringue en l'air, décontenancée.

— Qui est ici, Madame TESSIER ?

— Lucy, mon amie, l'amour de ma vie. Ça m'a rendue folle de rage de la voir avec Marcelle dans les douches.

— Vous parlez de la jeune femme anglaise avec qui vous aviez une liaison avant votre arrivée aux Myosotis ? Je l'ai lu dans votre dossier médical. Vous reveniez de chez elle quand l'accident a eu lieu, je crois.

— Oui. C'est ça. Pourquoi est-elle ici ? Elle n'a rien fait. Elle est trop jeune, trop fragile, elle ne tiendra pas.

Le médecin s'assoit sur mon lit et se met à me parler d'une voix plus douce.

— Vous ne vous souvenez de rien ?

— De quoi devrais-je me souvenir, Toubib ? Je me souviens du regard dégueulasse de Marcelle et de ce qu'elle voulait lui faire, c'est déjà trop...

— Madame TESSIER, Marcelle était seule dans les douches. Vous l'avez agressée sans raison apparente alors qu'elle était de dos. Elle s'est défendue, et pas à votre avantage, ça va de soi.

— Ma parole, c'est un coup monté ! Je vous dis qu'elle allait s'en prendre à Lucy.

— Madame TESSIER, c'est impossible.

— Pourquoi ne voulez-vous pas me croire ? Vous êtes contre moi, vous aussi ?

— Madame TESSIER, je vais vous expliquer. Calmez-vous ou je vous administre cette piqûre immédiatement, m'asséna-t-elle fermement.

— D'accord, je vous écoute.

— Si je vous dis que c'est impossible que vous ayez vu votre amie ici, ou ailleurs, c'est que votre amie n'est plus de ce monde. Elle a dû témoigner au procès et elle a été victime de l'opprobre générale, on l'a dénigrée, salie. Elle s'est suicidée peu après votre arrivée aux Myosotis. Elle vous a laissé une lettre expliquant qu'elle n'aurait pas la force d'affronter la vie seule. Nous pensons que le choc a fait l'effet d'une bombe à retardement et que les premiers symptômes viennent d'apparaître, sous la forme d'hallucinations. Nous allons vous soigner, le traitement sera rude mais il est efficace. Nous nous occuperons bien de vous.

Puis elle m'enfonça l'aiguille dans le bras et avant de sombrer dans un trou noir, ma dernière pensée fut :

— En fin de compte, y'a vraiment que cette saleté de chat qui s'en est sorti.

Vingt-quatre (X)

> *« Un enfant sans mère*
> *est semblable à une maison sans fondations. »*
> *Marie Delcourt*

J'arrivai en Normandie vers seize heures, le GPS m'intima de tourner immédiatement à droite, d'une voix féminine monocorde. Quinze mois de recherches pour aboutir à cette petite ville d'à peine deux mille cinq cents habitants, sans les curistes. Je traversai l'artère principale avec ses charmants commerces colorés. Quelques passants léchaient les vitrines en prenant leur temps. La moyenne d'âge était élevée, soixante ans au bas mot. Ils marchaient lentement, buvaient lentement aux terrasses des cafés, traversaient lentement... Le temps semblait suspendu, un calme terrifiant régnait sur la ville. Je longeai le lac agrémenté de ses jardinières florissantes, ses cygnes blancs majestueux glissaient sur l'eau avec grâce et fluidité. Tout était propre, rangé, carré et le décor me rappelait étrangement la série « Le prisonnier[2] ».

J'avais loué un studio en dehors du centre-ville car je m'apprêtai à passer plusieurs semaines à Bagnoles de l'Orne en ce mois de juillet. Curieuse destination pourrait-on se dire pour une jeune femme célibataire de trente et un ans car hormis son casino, la ville était loin de la destination rêvée pour la fête et les rencontres. Mais il faut dire que je n'étais pas en vacances !

« La Jamoisière » était une petite résidence présentant tout le confort. Elle proposait la sécurité indispensable à un séjour reposant : code d'accès et interphone, parking avec vidéo-surveillance et entrée sécurisée. Je n'avais pas lésiné sur les moyens car c'était ma destination finale, je ne savais pas combien de temps ça prendrait mais je me devais d'atteindre mon objectif, ici même, en rattrapant les trente et une dernières années en trois semaines maximum.

Je me garai sur la place réservée à l'appartement vingt-quatre et sortis avec grand peine ma grosse valise de ma Twingo bleue. J'avais hérité cette voiture de mon père il y avait un an et demi, et même si elle n'était pas très grande ni très pratique, elle avait une grande valeur sentimentale pour moi. Pourtant, c'était précisément au moment de l'héritage que tout s'était déclenché. De bien mauvais souvenirs…

☙

---

2 Série des années 60 où un agent secret britannique est retenu dans un village et identifié par le numéro six. Sa réplique culte est « Je ne suis pas un numéro, je suis un homme libre ».

J'avais toujours été très proche de mon père, sa préférée d'après ma sœur Anne, de deux ans ma cadette. Lorsque nous étions enfants, Anne n'avait de cesse de plaire à notre père, elle voulait l'accompagner dans toutes ses activités. Adolescente, elle avait entamé les mêmes études que lui, s'habillait de façon masculine pour lui ressembler, faisait tout comme lui par mimétisme. Mon père s'en agaçait plutôt que d'apprécier. Anne en était amère. Elle avait développé une sourde jalousie à mon encontre car sans que je le comprenne vraiment, c'est ma compagnie que mon père recherchait.

Même lorsque j'étais partie de la maison, Anne n'avait pas réussi à prendre ma place laissée vacante. Alors, nous nous étions peu à peu éloignées puisque nous n'étions plus obligées de nous voir quotidiennement. Les liens du sang n'avaient pas été assez forts, et pour cause...

Ma mère en voulut énormément à mon père, elle disait que c'était de sa faute, qu'il faisait des différences, qu'il les aimaient moins, elle et ma sœur. Moins que moi ?

Les cris, les disputes avaient bercé mon enfance puis mon adolescence. J'étais devenue assez solitaire, tendance introvertie. Je me sentais différente des autres. J'avais le sentiment que toutes mes camarades vivaient dans des familles unies, dans des maisons bien décorées et bien rangées, qui sentaient le café au lait des petits déjeuners autour d'une table.

Chez nous, on ne prenait pas les petits déjeuners ensemble. Ma mère, qui ne travaillait pas, traînait au lit très tard alors mon père nous préparait le café après s'être lui-même rasé puis habillé. Ma sœur ne déjeunait pas car elle s'alimentait peu, à la limite de l'anorexie. Moi, je n'étais pas du matin, il était toujours trop tôt pour que j'aie faim. Lorsque j'allais chercher mon amie, dix maisons plus loin dans la cité pavillonnaire, je rêvais qu'un jour sa mère m'invite à m'asseoir déguster une tartine grillée avec ses trois frères et sœurs. Il régnait toujours une joyeuse effervescence, tout le monde parlait, s'agitait pour retrouver un cartable, une chaussure ou un blouson. Mon amie Sylvie avalait parfois son café en vitesse pour partir avec moi, sa tartine beurrée coincée dans le bec !

Je n'avais pas la famille idéale mais au moins, à cette époque-là, je pensais en avoir une !

ଔ

Je montai au deuxième étage par l'ascenseur, en me jurant de prendre l'escalier la prochaine fois car pour lutter contre mon surpoids, mon médecin m'avait demandé de bouger plus.

Le propriétaire m'avait envoyé les codes de l'entrée par SMS. Il devait m'attendre pour faire l'état des lieux de l'appartement. Il répondit dès la première sonnerie et m'accueillit avec un sourire empreint de bonté. Son visage creusé de rides respirait la sagesse.

— Bonjour, je suis George, vous avez fait bonne route ?

— Ludivine, enchantée. Oui, merci, le trafic était fluide !

— Entrez je vous en prie, laissez-moi porter vos bagages, ils ont l'air bien lourds pour vous !

Le studio était propre, à la décoration moderne : deux canapés clic-clac aux rayures multicolores, des cadres bons marchés représentant des coquelicots, un ameublement minimaliste, blanc sur murs blancs. Le balcon et ses promesses de déjeuner au soleil me permettraient de me ressourcer un peu. J'en aurais sûrement besoin ! La kitchenette était bien équipée, plaques, four, micro-ondes, cafetière, tout le confort similaire à celui de mon appartement, avec trois fois moins de surface cependant. J'habitais un cent cinquante mètres carrés en banlieue Ouest, un cadeau de mon père lors de sa maladie car il voulait « me mettre à l'abri » disait-il. Ni ma mère ni ma sœur ne devaient être au courant, il avait donc dû se livrer à un montage financier compliqué pour l'achat. Je ne comprenais rien à tous ces mystères à l'époque mais je n'avais jamais eu l'habitude de contredire mon père, ce chirurgien respectable, adoré de tous.

Je fis le tour et remplis les formalités d'usage. George me souhaita un bon séjour en prenant congé pour me laisser me reposer. Ce vieil homme était décidément très bien élevé.

Je m'installai sans hâte, prenant soin de ranger chaque chose avec ordre, ressentant les lieux pour m'y intégrer. C'était devenu un besoin vital depuis la mort de mon père et les événements qui en découlèrent, j'avais pris des habitudes quasi névrotiques lorsque j'arrivais dans un lieu inconnu. J'avais besoin de me rassurer en permanence car je ne me sentais plus à ma place nulle part.

Il ne me fallut néanmoins pas beaucoup de temps pour déballer mes effets personnels. Epuisée nerveusement de toucher au but, je m'allongeai sur le clic-clac bayadère et m'endormis presque aussitôt.

Mes rêves furent peuplés de réminiscences tantôt joyeuses tantôt dramatiques...

Les parties de pêche avec mon père : il m'apprenait patiemment à attendre le bon moment pour ferrer la truite puis me laissait l'enfermer dans la bourriche avec les autres poissons, en attendant leur triste sort.

Le moment juste après sa mort où ma mère et moi avions découvert les anomalies dans ses comptes, dont il nous cachait soigneusement les relevés, et que j'avais commencé à poser des questions.

Je m'éveillai en sursaut tandis que ma mère, dans mon cauchemar, se penchait au-dessus de moi avec un rire sardonique pour me clamer :

- Tu n'es pas notre enfant, tu ne l'as jamais été ...

Ma mère... Elle ne s'était jamais occupée de moi.

Elle ne m'emmenait pas à l'école, ne s'impliquait dans aucune de mes activités, critiquait tout ce que je faisais, criait de sa voix aigüe, pouvant aller jusqu'à l'hystérie.

Je ne me souviens d'aucune parole rassurante de sa part, d'aucun geste de tendresse, d'aucune complicité mère-fille. A l'adolescence, j'ai plusieurs fois voulu mourir, ne comprenant pas pourquoi elle me détestait autant. Mais il y avait mon père, ce héros ordinaire qui était mon pilier, mon roc, qui me protégeait de tout, contre tous. Comment aurais-je pu comprendre à cette époque difficile où mon corps se transformait, où ma féminité se révélait, où ma personnalité se dessinait, que ma mère m'en voulait de la différence qui se révélait au grand jour, au vu et au su de tout le monde ? La chrysalide devenait papillon, et menaçait de faire exploser le secret de famille gardé enfoui tandis que les apparences parleraient d'elles-mêmes : je ne lui ressemblais en rien !

Nous nous étions affrontées pendant des années, elle n'avait jamais laissé échapper le moindre mot, le plus petit indice qui aurait pu me mettre sur la voie. Elle voulait juste me faire rentrer dans le rang, dans son moule que je trouvais si exigu que je m'en échappais bien souvent, la tête farcie de questions.

Il y a deux ans, mon père était tombé malade, il était mort six mois plus tard sans confesser la vérité. Quelques jours avant, il avait essayé mais il ne parlait déjà plus ; il a tracé avec difficulté, en lettres capitales, sur l'ardoise qui lui servait à communiquer : « LAISSEZ MOI TOUT VOUS DIRE... ». Ma mère a paniqué, a tenté de noyer le poisson en s'exprimant vite et fort et en lui coupant une parole qu'il ne possédait déjà plus. Il a capitulé, comme toujours. Sur son lit de mort à l'hôpital, déjà embrumé dans la morphine, il avait à plusieurs reprises prononcé ces mots difficilement intelligibles, en nous tendant la main : « Vite, vite, vite... ». Avait-il voulu se confier alors qu'il sentait sa mort imminente ? Je ne le saurai jamais. Je me sens coupable de ma lâcheté, de n'avoir rien compris, de ne pas avoir eu le courage de le laisser apaiser sa conscience en affrontant la vérité.

Le scandale a éclaté quand les comptes ont parlé : mon père faisait des virements réguliers dans le Jura, depuis dix ans. Ma mère ne le savait pas. En sortant de notre banque, en réalisant que la somme qui lui restait était loin de la fortune fantasmée, elle a laissé éclater sa rage.

— Le Jura, c'est là où habitait cette traînée... Ainsi il l'entretenait encore, quelle honte !

— De qui parles-tu ? Papa avait une maîtresse ?

Ma mère m'avoua tout, secouée de sanglots haineux.

Non, mon père n'avait pas de maîtresse ; il était tombé amoureux de deux femmes il y avait trente-cinq ans. L'une était de bonne famille, respectable, du même âge que lui, elle-même. L'autre était très jeune, elle n'avait pas très bonne réputation. Trois ans plus tard, ils s'étaient mariés, sans savoir que l'autre était enceinte. Les parents de la fille-mère l'avaient éloignée pour la forcer à accoucher sous X. A l'époque, les procédures d'adoption étaient encore longues et compliquées mais des directeurs peu scrupuleux acceptaient de « petits arrangements ». Mon père avait pu m'adopter en payant l'orphelinat qui m'avait recueillie puis nous avions déménagé près de Paris pour faire taire les ragots. Il n'avait jamais avoué l'identité de cette femme à quiconque. Ma mère avait toujours préféré ne pas le savoir, c'est pourquoi elle l'avait arrêté net quand il avait voulu se confier à l'hôpital.

☙

J'avais été abandonnée puis achetée... tout mon univers s'écroulait. Mon identité basculait, même si j'avais été élevée par mon père biologique. Toutes les questions prenaient sens à mes yeux. Ma mère était adoptive, ou plutôt avait été dans l'obligation de supporter mon adoption alors que je lui rappelais chaque jour que mon père avait aimé une autre femme, assez fort pour lui faire un enfant. Elle était une victime elle aussi, même si je n'arrivais pas à lui trouver d'excuses.

J'avais donc quelque part une mère, une vraie, qui aurait pu être aimante. Etait-elle à ma recherche depuis ? Regrettait-elle son geste ? Est-ce que je lui ressemblais ?

Après le choc des révélations et l'enterrement, le gouffre sans fond de la dépression m'aspira sans me laisser de répit pendant de longs mois. De séances de psy en boîtes d'anxiolytiques, de soirées où je me défonçais à l'alcool jusqu'à ne plus pouvoir me lever aux journées à traîner en pyjama informe, la succession s'était organisée sans moi : j'héritais en tout et pour tout de la Twingo bleue. L'appartement offert discrètement par mon père de son vivant avait suscité quelques questions intéressées de la part de ma « mère » et de ma « sœur » mais sans preuves tangibles, elles n'avaient pu en réclamer une part. Heureusement pour moi sinon elles m'auraient sans doute mise à la rue.

Je refis surface peu à peu. Je me fixai un objectif qui, d'après mon psy, devait m'aider à vivre mieux : retrouver ma mère biologique pour retrouver mon identité.

J'étais née dans le Jura, à l'hôpital de Lons-Le-Saunier. Je m'y rendis donc pour obtenir un extrait intégral de mon acte de naissance. Ce fut le début d'une longue quête. A la mairie, la fonctionnaire qui me reçut, très gênée, me notifia qu'il lui était impossible de me le remettre car elle n'en avait officiellement pas le droit. Je passai ensuite des jours entiers aux archives départementales. J'explorai les longues rangées de tiroirs à la recherche d'informations, j'appris le maniement délicat des lecteurs de microfiches qui déroulaient des centaines de noms et de périodes, témoins de vies passées de parfaits inconnus. J'espérais y trouver, à la date de ma naissance, le nom tant désiré à la colonne « ascendant ». Je m'usai les yeux jusqu'à la fermeture plusieurs fois puis finissais toujours par ranger ma carte d'adhérente, reprendre mes affaires au casier, vidée, amère et découragée. Je repartis sans rien, sinon avoir découvert une région dont j'étais originaire mais qui ne me rappelait aucun souvenir, où je ne ressentais rien, qui n'avait pas le parfum ni la couleur de mon enfance.

Je fis ensuite une demande au CNAOP[3], afin qu'ils entament des recherches. Je voulais qu'ils contactent ma mère. Elle avait accepté que me soient communiqués une photo d'elle et son nom. Elle s'appelait Muguette. Muguette BRENIAUX. J'avais cherché sur les réseaux sociaux. Je l'avais retrouvée sur Facebook, j'avais épié sa vie sans oser rentrer en contact. Elle était retraitée de la Fonction Publique, affichait sur son mur des photos de ses petits enfants lors des Noëls et des anniversaires. Elle paraissait fière d'être déjà grand-mère ! Sa photo montrait un visage tourmenté, une femme que la vie semblait ne pas avoir épargnée.

Je ne voulais pas d'une rencontre virtuelle. Elle souffrait de rhumatismes, elle s'apprêtait à partir seule pour sa cure annuelle, j'avais su que c'était le moment. J'avais réservé l'appartement vingt-quatre à La Jamoisière, programmé mes soins à l'institut B'O RESORT, bouclé ma valise sans l'ombre d'une hésitation.

ஐ

Je venais de sortir d'un bain bouillonnant qui avait un tant soit peu réussi à me détendre, je m'apprêtai à attendre ma séance d'aquagym à la tisanerie, mon peignoir blanc moelleux cachant mes formes et les cheveux humides plaqués sur la tête quand je la vis au bout de l'interminable couloir.

---

3 Conseil National d'Accès aux Origines Personnelles.

Elle avait le visage grave des gens qui ont souffert, mais que les épreuves de la vie ont rendu plus sages. Je lui ressemblais d'une façon troublante : des cheveux châtains qui grisonnaient un peu chez elle, des yeux clairs aux cils bien ourlés, la bouche charnue.

J'étais un peu plus grande. A peine. Elle était un peu plus ronde. A peine.

Elle cherchait sur sa feuille le numéro de cabine de son prochain soin en marchant tranquillement, indifférente aux piaillements des habituées qui s'élevaient des deux côtés du couloir. Nous étions presque arrivées face à face quand elle leva la tête. Elle me vit. Son regard vert me détailla entièrement, d'abord surpris. Je lus chez elle une forme de doute, l'incompréhension d'une rencontre improbable… Mon cœur battait la chamade, la peur de sa réaction me paralysait.

Ses yeux s'emplirent peu à peu de confiance en la vérité éclatante, puis du reflet d'un amour incommensurable, sans limites, l'amour d'une mère enfin comblé.

Elle ouvrit les bras, et je m'y blottis en pleurant.

— Ludivine, mon bébé !

— MAMAN !

La descente

« On peut beau tourner la page, mais quand celle-ci est la dernière, il faut savoir refermer le livre. »
Margel-okolou

Je viens de finir mon livre. Ma tête est vide, elle me fait mal, tous les mots tournent et se mélangent, forment un brouillard épais qui me brouille le cerveau... C'est toujours comme ça quand je me suis plongée des jours durant dans un livre : je me perds, je m'oublie, je deviens tour à tour l'héroïne, l'auteur, le chien, le cheval, le caillou, il m'arrive des histoires belles à pleurer, terribles ou encore fantastiques.

Je ne suis plus moi, je ne m'appartiens plus, je n'existe plus, je mets ma vie entre parenthèses, j'oublie de manger, de rire, de vivre, j'oublie mes rendez-vous, mes obligations, mes contraintes, mes soucis.

Si l'histoire est belle, je suis heureuse, portée, enthousiaste, légère, attirante même et je la traverse sans chercher la fin, pour pouvoir m'y replonger encore et encore, surtout ne pas finir, surtout ne pas en sortir. Je suis capable de relire plusieurs fois une page ou tout un chapitre pour ralentir l'arrivée inéluctable, la chute, le moment où le livre pèse plus dans la main gauche, où il faut se résoudre à le fermer définitivement. La mort des personnages, leur enfermement à jamais dans leur cercueil d'encre et de papier, le déchirement de la distance pour toujours, comme si il était impossible d'y revenir.

Quand l'histoire est dure ou trop violente, je suis taciturne, inaccessible, je me ferme, je souffre en silence, je serre les dents comme si ma vie en dépendait, comme si je ne devais pas révéler le lourd secret dont j'étais seule détentrice et que vivre ma vie serait une trahison, communiquer avec l'extérieur une hérésie. Ces histoires-là, je sais que je dois vite en finir pour les oublier ou que je deviendrai folle. Mais c'est plus fort que moi, le livre m'appelle, me dicte sa loi, je suis dépendante, haletante, je n'existe plus.

La sonnerie du téléphone, brutale et disharmonieuse me tire brutalement de ma léthargie. Le quotidien reprend ses droits. Plongée trop profond dans mon histoire, j'ai érigé des barricades où personne n'est le bienvenu. Le téléphone me dérange. Dans un sursaut de réalisme, je réponds tout de même. Erreur !

Ma vie m'ennuie. Les autres, palpables, tangibles, me balancent sans cesse que je ne suis pas une guerrière invincible ! Rien n'y fait. Je ne les écoute pas. Je m'enferme quotidiennement dans le seul lieu de paix de la maison et tandis que mon corps se débarrasse de ses déchets organiques, détendu par l'ambiance zen du lieu, mon esprit part aussi loin que possible dans l'histoire offerte. Chaque livre est un cadeau des cieux, chaque histoire une dose de morphine : je ne souffre plus, je vole, tout m'est égal !

Mais je ne suis pas une héroïne de roman, c'est le roman, mon Héroïne ! Je ne suis pas Hortense, jeune, belle et sûre d'elle. Je ne suis plus Hortense. Je ne suis pas non plus Juliette, amoureuse, libre, écrivaine. Je l'ai peut-être été, il y a longtemps. Ma liberté est asphyxiée et je ne sais plus très bien ce qu'est l'amour. Suis-je Stella ou Julie, des battantes aux allures de mecs ? ou Léonie, anéantie par un mariage dévastateur ?

Je suis toutes ces femmes, parfois battante parfois terrassée par la peur de l'avenir et de ses incertitudes, banale, grise, terne. Je ne suis que Lily, livromane !

Les livres me sortent de moi-même et m'enfoncent un peu plus chaque fois dans ma démence. Mes pieds ne touchent plus terre, les autres n'existent plus, reprendre le contact m'est douloureux, m'épuise, me fait souffrir. Faire une course ou répondre au téléphone m'est insupportable. C'est comme si toute mon âme était cachée au creux des pages et que je ne comprenais pas pourquoi les autres me voyaient quand même. C'est comme si le fait qu'ils s'adressent à moi pour des choses triviales me choquaient, moi qui étais devenue inaccessible, évanescente, personnage de fumée telle un fantôme volant au-dessus de leurs têtes.

Je ne souhaitais qu'une chose : qu'on m'oublie, que la vie continue sans moi, qu'elle déroule ses jours et ses semaines comme si je n'existais pas, comme si je n'avais jamais existé, comme si, terrée dans mon livre, j'attendais que les chasseurs s'éloignent et que le danger ne me menace plus. Mes yeux ne voyaient plus rien d'autre que des lignes, des signes noirs sur blanc, mes doigts couraient sur la tranche, caressaient la couverture et mon esprit s'envolait, dans le Londres mondain et chic au royaume de l'apparence ou dans la campagne profonde et bourrue des amoureux de la terre. Tout était là. Toutes mes envies, tous les sentiments ressentis dans ma vie, tous mes rêves et mes peurs, ces muchachas c'était moi. Le puzzle de ma vie en plus fort, en plus coloré, en plus beau mais aussi en plus douloureux. Le choc des mots, la beauté des images dans ma tête et ma vie basculait inéluctablement.

Je me mets à pleurer. Mon livre est fini. Mais il n'a pas de fin. C'est la promesse d'un nouveau rendez-vous, d'un nouvel espoir, la certitude que je pourrai à nouveau me camer de mots, m'abrutir de visions, m'enivrer d'histoires, ressentir dans mes veines la chaleur du bien-être qui s'insinue doucement ou la souffrance du manque, les suées et le stress, l'envie de tout plaquer et de recommencer. Mais je n'arrive pas à me consoler. En attendant, le vide est intersidéral, un gouffre sans fond, des journées sans but, des heures à enchaîner, insensées, inutiles. La descente d'une camée des mots.

J'essaie de reprendre pied, de me tirer de là. Je me fais une liste de choses à faire, je réponds à un mail. Mes mains s'activent sur le papier avec des stylos de couleur, puis sur le clavier, jouant du gras et de l'italique. Tiens, moi aussi j'écris. Des banalités, des formules toutes faites, des trucs professionnels sans intérêt. N'empêche, j'aligne des mots qui forment des phrases cohérentes, qui ont un sens pour qui les lit, donc j'écris. J'écris donc je suis.

Je tente une autre percée dans le quotidien, dans la vraie vie. Les personnages de papier n'ont pas besoin de manger pour survivre. Les vrais gens, oui. J'avale sans joie un morceau de quiche lorraine de la veille. Trop vite. Je n'en éprouve aucun plaisir et comme je n'en avais aucun besoin, je me retrouve vite gonflée comme une baudruche et gavée comme une oie. Mon corps se rappelle à moi. C'est désagréable. J'aspire à plus de douceur. Caféine et sucre feront l'affaire. Je me jette sur les madeleines. Pour moi, c'est le souvenir de mes formations d'où je ressors sereine, grandie de la bienveillance et de la sollicitude des autres participants. Ce ressenti positif va-t-il m'aider à affronter la suite de ma journée ? Les administrations, la gestion du temps, il faut que je palabre et que je planifie. Dans les livres, le temps coule naturellement, les choses s'emboîtent et se complètent, tout est fluide, la vie coule comme la rivière, sans y penser. Mais pas ici et maintenant. Ici, il faut négocier, argumenter, organiser, planifier, notifier, encenser, béatifier son interlocuteur pour qu'il se rallie à votre cause et accède à votre demande, fut-elle simplissime.

Dans la vraie vie, les mots se conjuguent en face à face, et gare à ceux dont le corps parle plus que leur parole. Mon corps à moi dit mon malaise, mon ennui de la vie, mon besoin de me taire, en dit long sur mon inaptitude à exister et sur mon envie inassouvie de madeleines. Mon corps à moi dit son envie de s'évaporer, de devenir transparent comme celui des héroïnes de romans. Il communique par tous ses pores ne pas vouloir communiquer !

Enfant solitaire, je refusais déjà de sortir de la voiture quand mes parents sillonnaient les routes de Provence ou d'ailleurs lors de vacances où je m'ennuyais à mourir. Alors je lisais à m'en décoller la rétine, je m'explosais la tête d'histoires sordides ou de contes de fées à dormir debout et jamais je ne sortais pour admirer quoi que ce soit de réel. Une sauvageonne, asociale et seule. Je l'ai toujours été. La société relationnelle et communicationnelle a fait de moi un monstre d'hypocrisie. Souriante, enjouée, je parle toute la journée, à tout le monde, de tout et de rien, par tous les moyens de communication à notre portée. Mais secrètement, je rêve de me taire enfin, de devenir muette et invisible. De me cacher comme autrefois et qu'on m'oublie une minute ou une heure. Et pourtant, quand quelqu'un m'écoute, m'écoute vraiment, je suis intarissable, je jette les mots en vrac, à toute vitesse, je raconte, je conte, une sprue verbale qui n'a ni queue ni tête mais qui soulage. Je veux être une héroïne de roman : raconter mon histoire, dans le détail, sans jamais être interrompue, contrariée, coupée, interrogée. Sans qu'on me juge ni ne me conseille puisque je n'existerais pas vraiment. Sans qu'on ne me questionne ni ne me sermonne puisque l'histoire serait déjà écrite.

Alors, pour m'affranchir provisoirement de l'aliénation envahissante et permanente qui est la mienne, je me fais une promesse : un jour, je passerai de l'autre côté, je dealerai un roman pour d'autres junkies des mots. En toute légalité.

Les deux parties de moi sont tombées d'accord, je peux enfin reprendre le cours de mon existence schizophrène... Jusqu'au prochain shoot !

Mon amie française

*« L'homme n'a pas besoin seulement de pain,
il a aussi besoin de respect. »
Proverbe rom*

Aujourd'hui, c'est comme tous les jours : ma belle-sœur garde mes garçons, mon mari m'a déposée devant le magasin. J'ai coiffé mes longs cheveux noirs en chignon et mis ma jupe propre, celle qui couvre bien mes chevilles. Il fait froid ce matin, c'est mieux, quand il pleut les gens passent vite devant moi sans me voir et sont de mauvaise humeur. Mais je ne me plains pas ! Ici, les gens ne me chassent pas et le directeur du magasin me laisse même rentrer quand il fait trop froid ou trop chaud…

A Tinca, où je vivais avant, au bidonville, personne ne nous aimait, on nous chassait des lieux publics et mes parents sont morts quand leur baraque de bois et de tôle a été incendiée par des inconnus, en pleine nuit… Moi, j'ai eu de la chance, je vivais déjà avec Costel et je n'étais pas là. Quand je l'ai rencontré à quinze ans, ses parents ont pu trouver l'argent pour payer les miens et à seize ans j'ai pu vivre avec lui[4].

Costel est un bon mari, aimant et gentil, même si nous ne sommes pas mariés officiellement ; là-bas, il travaillait dans les champs et on avait de quoi manger mais les gens se moquaient de nous et nous traitaient de voleurs... Alors après la naissance de notre troisième garçon, il s'est mis dans la tête que la France nous permettrait de vivre autrement, maintenant que la Roumanie allait être européenne et que nous pourrions circuler librement. Moi, j'étais fatiguée de toutes ces grossesses et j'ai cru à ses rêves : j'avais entendu dire qu'en France, même les étrangers avaient des logements et du travail. Que les enfants pouvaient aller à l'école pour avoir de bons métiers.

Tout ça me revient en tête alors que je m'installe sur le trottoir du parking, avec mon gobelet et ma pancarte où est écrit « J'ai 4 enfants et nous avons faim. Merci. ». Toute une journée dehors, à guetter la police, sans manger ni boire sauf si j'ai de la chance et que quelqu'un m'en donne. Ce soir, Costel reviendra me chercher et nous verrons si j'ai gagné assez pour payer notre tour de gaz. Là où nous vivons, avec nos amis et notre famille -les frères de Costel, ses belles sœurs, ses neveux et nièces- nous partageons le coin repas, dehors, et chacun paie le gaz à tour de rôle. Ma grande fierté, c'est ma caravane, colorée, décorée avec soin comme un petit coin de Roumanie mais c'est notre premier hiver et nous manquons de couvertures.

Et puis, nous avons toujours peur d'être expulsés et ren-

---

4 Dans les coutumes Roms, les mariages font l'objet de négociations entre familles pour définir la dot de la fille. Avant 18 ans, ce sont des mariages symboliques, non reconnus légalement.

voyés dans « notre » pays. On a le droit de circuler mais pas de rester, européens en sursis. Sur nos passeports, on a trois mois où on est tranquilles, après il faut retourner en Roumanie et payer pour avoir une autre autorisation. Si on n'a pas d'argent, on reste illégalement, la peur au ventre d'être contrôlés ou que les policiers reçoivent l'ordre de raser le camp. C'est arrivé plusieurs fois : les policiers arrivent à six heures, réveillent tout le monde en demandant les papiers. Ceux qui n'ont pas d'autorisation, ils envoient les bulldozers pour détruire leur cabane ou leur caravane. Ils n'ont pas toujours le temps de reprendre leurs affaires. Ils perdent tout même s'ils n'ont rien. J'ai tellement peur pour ma famille. On est heureux ici même si tout est compliqué. On ne veut pas repartir.

Pour l'eau, nous en avons facilement mais c'est à un kilomètre et demi, il faut aller au cimetière à côté, au bout du chemin plein de trous et de flaques. Nous y allons à plusieurs, en parlant Romani[5] et en riant, ou nous y envoyons les enfants les plus grands. Pour eux c'est comme un jeu, car ils ne croulent pas sous les jouets.

Je sors de ma rêverie : une femme est penchée vers moi et elle me parle. Je ne comprends pas tous les mots en français mais je crois qu'elle demande de me raconter un peu. Elle dit s'appeler Marie. Je lui raconte mon quotidien, j'ai l'habitude, les gens se donnent bonne conscience en faisant semblant de s'intéresser à moi. Parfois, ils me donnent une pièce après. Alors je raconte. C'est comme si j'étais

---

5   le Romani n'est pas un dialecte roumain mais une langue indo-européenne dont l'origine vient d'une langue populaire indienne. Au fil des migrations, elle s'est enrichie des langues parlées dans les pays d'implantation.

une conteuse. Je leur donne un peu du mystère des Roms[6], un peu d'exotisme, je leur raconte la misère et ils se sentent mieux dans leur vie. Sauf que cette misère, c'est la mienne.

Elle me quitte comme les autres mais ne me donne même pas d'argent. Juste un sourire et un « au revoir ». Elle va remplir son caddie de tas de choses dont elle n'a pas besoin mais elle fait comme tout le monde dans les pays riches : elle consomme pour exister. Moi j'existe sans consommer, je fais manger d'abord mes enfants, ils ont besoin de grandir, le petit dernier, né en France, n'est pas bien gros.

Je la revois à la sortie, son caddie est plein et elle m'a acheté de la viande, des pâtes et des gâteaux pour les enfants. Elle a l'air sincère mais je sais que je ne la reverrai jamais.

Les gens passent devant moi. Certains ont l'air gêné et détournent le regard, d'autres me dévisagent, dégoûtés ou envahis de pitié. Ces derniers jettent parfois une pièce ou deux dans mon gobelet en plastique. La journée passe, et la semaine. Tous les jours, je change d'endroit, pour la police, mais le samedi, je suis toujours devant ce même magasin.

Le samedi suivant, je la revoie. Même manège. Elle me salue, me pose des questions. J'essaie de lui répondre, je n'ai pas tous les mots. Elle fait des efforts pour me comprendre, s'agite, mime. On se sourit. Elle ressort avec son caddie et de quoi manger un peu pour ma famille. Elle me demande si je mange du jambon. Elle a remarqué que ma

---

6 Expression adoptée officiellement en 1971 et désignant l'ensemble des populations d'origine indienne ayant migré vers l'Europe dès le XIème siècle. En France, on désigne par Roms les migrants d'Europe de l'Est mais pour les puristes, les gitans, tsiganes, manouches sont synonymes de Roms.

jupe est longue et ce samedi j'ai un foulard sur les cheveux pour la pluie. Elle a cru que j'étais musulmane. Elle s'excuse de son manque de culture, je ne sais pas pourquoi[7].

Le troisième samedi, elle revient avec six couvertures. Je me souviens lui avoir parlé du froid dans la caravane, et des deux plaids qu'on partageait. Quand elle repart, elle me demande l'autorisation de m'embrasser. Elle veut être mon amie, c'est bizarre. Les gens nous regardent nous embrasser, ils ont l'air surpris. Après, elle m'achète du jambon toutes les semaines, des paquets de dix tranches. Mais les enfants ne l'aiment pas. Je ne sais pas si je vais oser lui dire. Puis-je me le permettre alors que nous n'avons rien d'autre à manger ? Je ne voudrais pas la fâcher. Plein de gens des associations nous aident et viennent souvent au camp mais elle, elle ne vient pas d'une association, elle dit m'aimer bien, c'est tout. C'est ma première amie française.

C'est Noël dans un mois, et depuis plusieurs semaines elle a disparu. Je reviens quand même au magasin. J'ai peur de ne plus jamais la voir, pas pour ce qu'elle me donne à manger, mais pour la chaleur qu'elle met dans mon cœur. J'espère qu'elle va bien. Je pense souvent à elle. Dieu la garde.

Une semaine avant Noël, elle reparaît. Son père est mort et je suis triste pour elle. Elle me présente sa mère, qu'elle emmène maintenant avec elle faire les courses. Je suis venue avec Ciprian, mon aîné. Je risque gros car il est interdit par la Loi de mendier avec des enfants. Mais il a quatorze ans, il court vite et peut s'enfuir s'il le faut. Elle

---

7 Les Roms ont souvent adopté la religion dominante du pays où ils se trouvent, la plupart des Roms en France sont catholiques, mais ils ont gardé leur système spécial de croyances.

me dit être étonnée de voir que j'ai un fils aussi grand. Je suis si maigre que j'ai l'air très jeune. Et puis, je l'ai eu à dix-sept ans. Elle a emballé quatre petits cadeaux pour les enfants pour Noël. Elle a aussi acheté des chocolats. Elle me dit que ce n'est pas grand-chose mais je n'ai pas l'habitude, j'ai envie de pleurer. Ciprian la remercie avec respect. Elle a l'air impressionné qu'il soit aussi poli. Penserait-elle elle aussi que nous ne soyons que des voleurs de poules ?

Elle veut rencontrer Costel car je lui ai dit qu'il veut vraiment travailler mais qu'il ne peut pas. Elle n'a pas compris et j'ai du mal à lui expliquer. C'est très difficile les papiers en France[8]. Elle veut aussi nous inscrire dans une association qui nous donnera régulièrement à manger. Elle a dit que c'est un artiste qui l'a créée, il y a longtemps, et qu'il est mort dans un accident de moto. Je prierai pour lui, il devait être un homme bon.

Nous prenons rendez-vous pour un jour dans la semaine d'après, parce que l'association n'est pas ouverte le samedi. Elle a pris un jour de congés. Costel reste avec moi. Elle nous amène là-bas, nous la suivons en voiture. Les gens sont gentils, en arrivant, ils donnent des gâteaux au petit pendant que nous attendons. Mais il faut des papiers, comme toujours, se justifier, alors elle s'énerve, explique, argumente. Finalement, nous sommes inscrits et recevons un colis. C'est bien, il y a plein de choses dedans. Celui qui a inventé ça devait vraiment être un saint. En France, plein de gens ont envie d'aider. En Roumanie, c'est différent.

Après ça, on se perd un peu de vue. Je ne lui en veux pas,

---

8 Malgré l'entrée de la Roumanie dans l'Union Européenne en 2007, les roumains avaient le droit de circulation mais pas l'autorisation de travailler. C'est seulement depuis le 1er janvier 2014 que cela leur est autorisé.

elle a sa vie et nos destins sont différents. Moi, je suis une tsigane, une fille de la route, même si notre caravane ne bouge plus, mes ancêtres ont fait du chemin. Elle, même si elle veut comprendre, ne peut pas s'imaginer ma vie. Elle est mon amie mais ne vient jamais chez moi. Elle a sûrement peur de venir seule dans un camp. Et elle ne m'a jamais invitée chez elle, comme le font les amies... Mais rien de tout ça n'est grave, notre rencontre était écrite.

Un beau jour, Costel est envoyé dans un centre pour trouver du travail et, par miracle, nous la retrouvons. Elle travaille là, son métier c'est d'aider les gens à en avoir un. Je suis assise à l'accueil, à attendre mon mari, et elle passe devant moi sans me voir. Elle ne m'a pas reconnue ? ne veut plus me parler ? je n'ose pas faire le premier pas et elle repart, pour finalement faire demi-tour et s'approcher de moi :

— Léna ?

Je lui souris, dévoilant mes dents en or, et elle me prend dans ses bras. Elle a l'air si heureuse de m'avoir retrouvée que tous mes doutes s'envolent.

Commence alors une nouvelle bataille : Costel a été inscrit par erreur à l'ANPE[9], il n'a pas le droit d'être aidé et il faut qu'un patron promette de l'embaucher pour être autorisé à travailler. C'est vraiment compliqué, mais mon amie française y croit, comme toujours. Elle va tout faire pour qu'il ait le droit de travailler pour qu'on puisse rester en France et après plusieurs mois, Costel obtient son titre de séjour et un travail.

La chance est toujours avec nous et deux mois après, une femme habitant la plus belle maison de Méry sur Oise

---

9 Ancienne appellation du Pôle Emploi

nous loue un appartement, elle aussi veut aider. Il parait que son beau-frère est connu, c'était un producteur de cinéma[10].

Un beau jour de printemps, je me marie avec Costel, tous ceux qui nous ont accompagnés sur le chemin ces dernières années sont là. Elle a l'air contente pour nous, émue car je l'ai choisie pour témoin. J'ai une belle robe longue en satin marron, un boléro blanc en fourrure et un bouquet de fleurs. Notre famille est comme les autres maintenant. Nous avons le droit de travailler, un appartement, les enfants vont à l'école tous les jours et nous pouvons les nourrir et les habiller. Je n'ai plus besoin de mendier. Costel avait raison de rêver. La France nous a accueillis et acceptés.

Aujourd'hui, je ne vois plus mon amie française, elle a disparu après s'être assurée que tout allait bien... Comme un ange gardien parti pour une autre mission.

Je m'appelle Léna, je suis Rom et c'est mon histoire.

---

10 La belle-soeur de Christian Fechner a réellement été très impliquée dans l'intégration de nombreuses familles de Roms et les a logés gratuitement pendant de longs mois.

Etre et avoir été

« Une femme de mystère est quelqu'un qui a une certaine maturité et dont les actes parlent plus fort que les mots. »
Alfred Hitchcock

« On ne peut pas être et avoir été »... C'est la deuxième fois qu'on lui assène cette vérité ce mois-ci. C'est l'été et toute l'équipe fête les proches vacances à la terrasse d'un restaurant. Le vin coule à flots et les langues se délient sous les parasols bleu roi. La secrétaire de la boîte, vingt-cinq ans, hyper bronzée, planquée derrière ses lunettes Guess vient de raconter avec une fausse naïveté les sollicitations masculines à son égard et Laure lui a répondu d'une manière un peu trop acerbe pour leur directeur qui, comme tous les hommes de l'équipe, apprécie les décolletés et les mini jupes de la jeune femme. Peu encline à ces moments de convivialité obligatoire, cela finit de l'agacer et elle se referme comme une huître, repart dans son océan intérieur...

« Pffffffff, moi aussi, à cet âge, je recevais des propositions régulières... Tiens, mon voyage en Grèce, tous ces beaux bruns fous de moi, je ne savais plus où donner de la tête... »

« Tu parles, ma fille, lui répond la voix de sa raison, les grecs sont tous fous des touristes, comme tous les autochtones de tous les pays du sud d'ailleurs, rappelles toi la Tunisie, la Turquie, le... »

Elle se coupa la pensée :

« Et mes sorties en boite, toujours à la pointe de la mode, je dansais divinement et attirais tous les regards. »

« T'as vraiment besoin de te rassurer, ma pauvre fille !, lui balance sa méchante petite voix intérieure. »

OK, aujourd'hui, c'est un peu le désert. A cinquante-trois ans révolus, elle n'est plus ce qu'on peut appeler un sex symbol ; des kilos en trop, des lunettes pour corriger sa presbytie, la peau des mains qui commence à se tâcher et se flétrir, assez banale sur tous les plans. Aussi loin qu'elle peut se souvenir, aucun homme ne la regarde plus avec envie, même son mari qui, s'il l'honore toujours au moins une fois par semaine, a l'air de satisfaire un besoin physiologique plutôt qu'un réel désir à son égard. Ne parlons même pas de fantasmes, de sado, de maso, d'échangisme, de bi-sexualité, de sex toys, sex tapes, quick sex, place Dauphine, Bois de Boulogne... Tout ça se limite pour elle à la télé ou aux romans !

Alors, être, ça se résume à ça ? être ne rimerait qu'avec paraître, bronzette, mini-jupette et ébats champêtres ? Laure ne peut s'y résoudre, elle qui a ramé pendant des années pour reprendre des études, passer des diplômes, lire à n'en plus pouvoir pour se cultiver encore et encore... A cette époque-là, elle se battait contre ses démons et les regards concupiscents des hommes et ceux, jaloux, des femmes, la mettaient profondément mal à l'aise. Dans la grosse entreprise industrielle où elle travaillait, on était ingénieur ou on était rien. Alors, sa petite formation de niveau Bac ne la rendait pas crédible. On lui refusait des responsabilités, la cantonnait à des tâches d'exécutante... Pour couronner le tout, elle jouissait d'une réputation de fille légère qui rigolait facilement avec les jeunes programmeurs du service, les « p'tits softeux ». Une réputation certes basée sur des faits car Laure adorait la vie et sortait beaucoup avec les développeurs en question qui étaient tous des potes...

— Et bah, Laure, tu es avec nous ?!?.

Sa collègue vient de l'interpeller sur un ton moqueur car cela fait plus de dix minutes qu'elle n'a pas ouvert la bouche et cela ne lui ressemble guère, elle si bavarde d'habitude. Elle tente de rattraper le cours des conversations : la secrétaire en est à se plaindre car elle a un peu grossi ces temps-ci et chacun y va de son conseil en matière de régime miracle :

— Tu as essayé Dukan, c'est génial, tu perds deux kilos par semaine et c'est facile...

— Non, moi j'ai fait Weight Watchers, c'est équilibré et tu manges des trucs vraiment bons...

— Oui mais faut cuisiner, l'idéal c'est les protéines, les sachets sont tout prêts et tu gardes tes muscles...

Laure essaye de s'intéresser au sujet mais, bien que spécialiste des régimes autrefois (qui lui avaient fait perdre quinze kilos puis reprendre vingt), son intervention sonne faux :

— Et si on se contentait de manger mieux, moins et de

bouger plus ? lance-t-elle sur un ton légèrement ironique. Tous les regards se tournent alors vers elle, certains plus ou moins interrogateurs : comment, avec l'I.M.C qu'elle affiche peut-elle se permettre de donner des conseils ? lit-elle distinctement sur les lèvres closes. Devant cette muette désapprobation, elle se sent rougir et balbutie :

— Enfin, c'est la dernière tendance, le « manger-bouger », non ?

Certains finissent par acquiescer et chacun reprend le cours de sa conversation avec ses proches voisins de table, sans plus lui accorder d'intérêt.

Elle souffle, se détend un peu et repart dans sa bulle. Elle s'en veut d'être toujours aussi peu sûre d'elle malgré les années, malgré l'expérience. Son physique la met toujours aussi mal à l'aise qu'à vingt ans mais les raisons en sont foncièrement différentes. A l'époque, avec ses cinquante-cinq kilos, elle était ferme et féminine, avec des rondeurs parfaitement réparties, une taille fine, un ventre plat, des seins ronds et fermes – un « canon » ! – mais elle se détestait pour deux raisons parfaitement incongrues : d'une part, elle se trouvait trop grosse selon les standards en vigueur car la mode était déjà aux filles filiformes (mais pas encore anorexiques…) et d'autre part, elle ne savait pas résister aux hommes qui la convoitaient car elle leur était tellement reconnaissante de la regarder qu'elle se sentait obligée de les récompenser en acceptant tout ce qu'ils demandaient. C'est aussi comme cela qu'elle s'était bâtie la réputation de fille facile qui lui collait à la peau. Une fois, un collègue l'avait coincée dans une salle informatique sécurisée et fermée à clé, l'avait embrassée de force et, vexé de voir qu'elle le repoussait, lui avait dit : « Pourquoi pas moi ? ».

Elle en était restée tellement ébahie qu'il lui avait apporté quelques explications : dans la société, on l'appelait « la petite blonde bien roulée » et, d'après lui, tout le monde savait qu'elle couchait avec tous les programmeurs, voire d'autres... Alors oui, il était marié mais il était son professeur de tennis, il voulait sa « part du gâteau », il trouvait cela normal...

Tout le monde trouvait cela normal : son chef qui lui donnait ses directives en lorgnant son décolleté, ses collègues d'autres services qui venaient la draguer ouvertement dans le grand open space où tout le monde profitait du spectacle ; même Laure finissait par trouver cela non seulement normal mais plutôt flatteur... Alors, dans la fleur de la vingtaine, se sentait-elle être ? Etre une bimbo, une fashion victim, une allumeuse qui se déhanchait en boite et ne manquait jamais de se faire payer des verres et de repartir accompagnée, sa plus belle « prise » ayant été le D.J de sa boîte habituelle ? Elle n'en était pas revenue, d'ailleurs, le soir où il était venu lui parler, en fin de soirée, alors qu'il ramassait les cendriers... Elle ne pouvait imaginer que LE mec convoité par toutes les filles de la boite venait lui parler, A ELLE... Du coup, folle de joie, elle l'avait ramené chez elle et passé la nuit avec lui. Comme d'autres, il avait pris cela pour un manque de sérieux et leur histoire n'avait pas duré très longtemps. «Etre une femme libérée, tu sais c'est pas si facile » chantait Cookie Dingler dans ces années là, tu m'étonnes, un mec qui couchait avec toutes les filles, c'était un séducteur mais l'équivalent féminin... !

Alors oui, aujourd'hui, elle n'est plus grand chose aux yeux de ceux pour qui paraître est une priorité. Elle ne sait plus très bien qui elle est d'ailleurs, parce que malgré tous ses diplômes, elle ne sent pas non plus faire partie des intellectuels, des gens nantis d'une culture large et vaste qui leur permet de briller dans les conversations. Elle n'ose même pas ouvrir la bouche en leur présence... Trop peur de confondre des auteurs, des dates, d'avancer une hypothèse ridicule... A la fac, lors de sa reprise d'études, sa copine Sophie faisait ça avec insouciance et légèreté, et avec ses quarante-cinq ans et ses quatre-vingt-un kilos, elle attirait comme un aimant tous les mecs de la promo ! Elle collectionnait même les « p'tits cakes », de vingt ans, vingt-cinq tout au plus... Laure avait successivement voulu être une bimbo, puis une intellectuelle et n'avait jamais réussi à être ni l'une ni l'autre. Du coup, son truc actuellement, c'est le développement personnel : retour sur soi, intériorisation, méditation, positive attitude. C'est bien commode de se répéter qu'on vaut infiniment plus que ce que les autres voient de nous, mais à moins de séduire un disciple du Dalaï Lama, le lâcher prise rimant avec laisser aller, peu d'hommes sont partants en vérité ! On ne peut pas tout avoir !

— Laure, tu prends un dessert ?

Encore quelqu'un pour l'interrompre dans ses divagations, pardon, dans son introspection.

— Bah, euh, je sais pas...

De nouveau tiraillée entre bimbo et intello, gourmandise et traumatise, elle hésite à se pencher sur son péché, fut-il mignon, le chocolat ! Et pourtant le fondant illustré sur le menu semble lui susurrer :

— Déguste-moi ! Laisse-moi fondre sur ta langue humide, envahir tes papilles, exploser de mille saveurs dans ton cerveau... Laisse-toi jouir de plaisirs simples et abordables, profite de la vie, aucun homme ne te fera autant de bien que moi.

Laure se reprend à temps, car ses collègues commencent à la regarder avec suspicion, les évocations mutines de son cerveau écartelé l'ont plongée dans une extase sans commune mesure avec le lieu et les circonstances :

— Non, un café et l'addition, pour moi !

« Bravo, ma fille, tu reprends ta vie en main ? Mais c'est un peu tard, avec la ménopause, ta peau est sèche et flasque, si tu maigris, elle pendouillera ! » dit la voix intérieure, de plus en plus frustrée et amère.

Laure avale son café d'un trait et se lève précipitamment pour ne plus l'entendre. Elle veut régler sa note et retourner se plonger dans le travail pour vider sa tête de ses tourments personnels. Sa transe à elle, c'est le travail : ne plus penser qu'aux autres, s'oublier pour oublier son mal être, s'abandonner aux autres, leur être utile, indispensable, comme une évidence. Les aider, les conseiller, leur parler, leur faire du bien, leur trouver des solutions, elle qui n'a que des problèmes fussent-ils futiles.

— Tenez, Madame Dumond, lui dit le serveur derrière le bar en lui tendant son ticket de carte bleue.

Surprise qu'il connaisse son nom, elle le regarde droit dans ses beaux yeux bleus et il s'enhardit :

— Je vous ai écoutée avec intérêt...

« Qu'est-ce qu'il raconte ? dit la voix, on ne peut pas dire que tu aies brillé par ta conversation ! Il a juste lu ton nom sur ta carte bleue, te fais pas de films ! »

— ...en janvier dernier au centre social et votre intervention m'a ouvert les yeux sur beaucoup de choses !

Laure l'observe plus attentivement. Il a environ trente-cinq ans, brun à la peau mate, les muscles de ses bras tendent le tissu de sa chemise blanche et malgré son large sourire, son regard est profondément triste. Un très bel homme, mais sans cette assurance macho qui autrefois la faisait craquer. Elle se rappelle être intervenue à cette conférence baptisée « Agir pour Rebondir », à la demande du Maire de son village, et cette prise de parole en public l'avait d'ailleurs plongée dans les tréfonds de la peur et du stress des jours durant. Le jour même, elle avait commencé par bafouiller en se présentant puis les mots et les idées avaient repris leur place et elle s'en était plutôt bien tirée. Elle avait même répondu clairement et simplement aux questions, en particulier celles d'un homme qu'elle n'avait cependant pas trop regardé de peur de perdre toute assurance professionnelle.

Est-ce lui ?

Elle n'est pas très douée pour se souvenir des visages mais avait été marquée par la grande détresse de cet homme qui semblait avoir tout perdu. Il avait raconté brièvement son parcours au micro, avec dignité et humilité. Il vivait dans la rue depuis plusieurs mois, n'avait pas de famille et ne trouvait pas de boulot.

Pour Laure, le triste quotidien de « ses clients » elle qui est sociologue et assistante sociale.

— Les mots que vous avez employés m'ont fait réfléchir et surtout bouger ! J'ai retrouvé ce boulot et depuis peu, je peux me payer une petite chambre. Je me sens de nouveau quelqu'un. Vous êtes vraiment un être sensible et intelligent, Madame Dumond. En plus, je vous trouve beaucoup de charme et d'humour... Accepteriez-vous de dîner avec moi ? Je voudrais vous remercier.

La surprise passée, Laure décline poliment l'invitation. Les quelques phrases de cet homme resté anonyme sont tellement empreintes de sincérité qu'elles ont été un électrochoc. Pour la première fois de sa vie, devant cet homme à l'apparence si engageante, elle n'a pas perdu ses moyens, elle a osé dire non. Parce qu'un oui n'aurait servi à rien, mené à rien. Juste à faire plaisir. Et puis après ?

C'est vrai, elle n'est plus une bimbo, elle ne sera jamais une intello. Elle veut juste rester telle quelle, la Laure Dumond des inconnus en détresse, elle n'a plus besoin de paraître pour être. Juste lâcher prise sans laisser aller, une femme libérée de son for intérieur parfois fort néfaste.

Juste tendre vers l'être comme on est !

7h17

« Chaque voyage est le rêve d'une nouvelle naissance. »
Jean Royer

7h17, mardi matin. La tête encore toute embrumée de sommeil, Lauranne avait réussi à attraper son train de justesse, après de multiples péripéties sur la route : tracteur lancé à pleine lenteur sur une route en lacets où il était impossible de doubler, puis autoroute bouchée où des conducteurs irascibles se lançaient des regards assassins à travers les vitres et slalomaient de droite à gauche pour gagner une place. L'A15 était devenue en quelques années un enfer. A croire que tous les franciliens, en mal de campagne, s'exilaient dans le Vexin et, bien obligés de travailler, empruntaient de plus en plus nombreux le seul grand axe capable de les transporter jusqu'à la capitale. Mais à quel prix ! Elle frôla l'accident à plusieurs reprises et c'était avec soulagement qu'elle avait réussi à garer son 4X4 noir dans le parking souterrain de la gare. Hors de question pour elle de continuer dans ce pandémonium de tôles et de gaz d'échappements, elle préférait de loin la promiscuité des trains de banlieue.

Tout son trajet lui revenait en tête alors que, sur la banquette bleue du RER A, elle venait de se poser en face d'un monsieur en costume gris à l'aspect revêche et à côté d'une jeune fille faussement endormie, isolée du monde par ses écouteurs et les bruits saccadés qui en sortaient.

C'était le mois de juin, il faisait jour et le wagon dégorgeait d'étudiants anxieux qui révisaient, de salariés fatigués qui discutaient de leurs prochaines vacances et de quelques voyageurs facilement reconnaissables à leurs mines réjouies et à l'espace vital qu'ils envahissaient de leurs valises, faisant ronchonner leurs voisins de banquette immédiats.

Plusieurs stations défilèrent avec leurs lots de montées – personne ne descendait avant d'arriver à Paris ce matin là – et l'air se satura de chaleur, d'humidité et d'odeurs plus ou moins agréables, tandis que le brouhaha, sourd et constant, se répandait insidieusement jusqu'aux cerveaux pourtant résistants des travailleurs acharnés. Lauranne jeta un coup d'œil circulaire au wagon. Un couple, deux banquettes plus loin, se tenait la main, la jeune femme reposait la tête sur l'épaule de son compagnon. Communication muette de leurs sentiments respectifs, tout leur amour se lisait dans leurs regards et leurs silences. Pudiques, ils n'osaient l'étaler par des paroles ou des baisers, de peur de soulever l'opprobre publique des voyageurs du mardi matin. Debout dans l'allée, trois femmes discutaient : « T'as vu le dernier mémo d'Elodie, c'est n'importe quoi... » « Dire qu'elle est passée secrétaire de direction, c'est pas grâce à ses talents en français ! ». Les trois complices s'esclaffèrent. Elles critiquaient haut et fort, ravies sans doute d'avoir un public, même indifférent, à leurs petites misères ordinaires.

Lauranne était trop fatiguée pour lire, elle ferma les yeux pour rentrer dans sa bulle et s'isoler du monde réel, trop trivial à son goût. Elle voulait penser à demain, à son projet de voyage au bout du monde qu'elle préparait avec soin, dans le plus grand secret, rêve éveillé dans sa tête encore ensommeillée.

Lauranne voulait partir, s'envoler loin, seule et longtemps. Au fil du temps, cette idée qu'elle avait d'abord trouvée folle et inconcevable, s'imposait à elle comme une évidence, puis comme un besoin irrépressible.

Bertrand, son mari, n'en savait rien mais elle étouffait depuis déjà plusieurs années. De loin en loin, à chaque dispute ou incompréhension, cette idée l'avait aidée à tenir, à ne pas sombrer dans la déprime. Elle avait continué à jouer son rôle, tantôt mère, tantôt épouse, parfois femme d'affaires. La dernière engueulade remontait à la veille : Bertrand l'avait interpellée, à peine rentrée, pour des questions d'argent comme souvent. Il gérait les comptes de la famille et ne supportait pas qu'elle put dépenser sans l'avoir consulté au préalable. Elle, indépendante financièrement, travailleuse depuis l'âge de dix-huit ans, vivait ce carcan comme une privation de ses libertés fondamentales, une violation de son libre arbitre. Selon les moments, cela pouvait finir dans les cris ou dans un mutisme entêté, dont il était alors difficile de la sortir. Et chaque fois que l'air de sa vie devenait trop irrespirable, elle rentrait dans sa bulle, prenait sa bouffée d'oxygène en s'envolant dans sa tête.

N'dar, ville d'Afrique pleine de vie et d'histoire, bâtie à l'embouchure du fleuve Sénégal. Depuis sa lecture du

« Toubab de St Louis », elle ne rêvait que d'aller là-bas et si possible pour toujours. Elle s'était complètement identifiée à la narratrice dès les premières phrases. Elle avait ressenti exactement les mêmes sensations lors de son voyage au Sénégal : ce sentiment curieux d'être chez elle, précisément là où elle devait être. « A sa place ». Elle se sentait africaine dans l'âme, et avait eu l'impression de rentrer à la maison, alors que sa maison à elle ne lui inspirait que froideur et tristesse. Alors, pour aller au bout de ses rêves, elle mettait de l'argent de côté, petit à petit, sur un compte secret. Elle s'était fait vacciner contre la fièvre jaune, s'était munie d'un passeport sous prétexte d'un séminaire de travail.

N'dar, la plus française des villes sénégalaises avec ses demeures blanches devant lesquelles les bougainvilliers apportaient des tâches de couleur de leurs fleurs roses, les barques de pêcheurs à perte de vue sur les plages de sable fin, la population fourmillante de boubous colorés et de turbans assortis, émergeant de la foule... Les détails étaient si concrets, les bruits et les odeurs si familiers qu'elle se mit à sourire, heureuse comme si elle y était. Elle ressentait la chaleur moite, entendait l'accent chantant des conversations en Wolof, le bruissement des étoffes, les rires des enfants. Le bien-être l'envahit petit à petit. Une question la taraudait cependant : elle n'avait jamais été inactive et devrait s'intégrer à la vie locale. Et comment ferait-t-elle pour vivre ? Plus d'emploi, plus de salaire, plus de revenus du mari. Bertrand gagnait bien sa vie et elle avait tout pour être heureuse : une grande maison, une femme de ménage, toutes les machines dernier cri pour lui faciliter les tâches ménagères. Elle fit taire la voix de la raison. Il était temps d'apprendre la dépossession, la vie simple, les besoins de base. Plus rien ne lui importait, l'avenir serait facile. Elle se voyait bien vivre avec le minimum, travailler dans une association humanitaire, elle s'imaginait parfaitement acceptée par la population, habillée elle aussi dans un boubou multicolore, dans des tons bleus et verts, qui la mettraient si bien en valeur, avec des bijoux ethniques qu'elle affectionnait tout particulièrement en France. Elle pourrait, pourquoi pas, enseigner le français aux enfants....

Une secousse la ramena brutalement à la réalité. Le wagon vibrait et tous les voyageurs regardaient autour d'eux, surpris et inquiets. Décidément, ces vieux trains de banlieue mériteraient d'être remplacés, pensa-t-elle sereinement, mon 4X4 est mille fois plus confortable !

Aussi soudainement, il y eut un grand coup de frein et des valises traversèrent le wagon qui se mit à pencher. Les passagers, restés debout, tentèrent de s'accrocher aux barres. Il y eut des cris, un mouvement de panique. Le wagon se coucha et glissa sur le côté sur de longs mètres puis s'immobilisa. Lauranne fut projetée, se cogna la tête et s'évanouit.

Elle se réveilla dans un fatras de tôles, une odeur de poussière, de brûlé et de sang flottait dans l'air. Autour d'elle, des corps, des hurlements, le verre brisé des fenêtres soufflé par le choc. Dans une semi conscience, elle rampa dehors avec le peu de forces qui lui restaient. Lauranne ne voyait pas la traînée carmin qui la suivait comme son ombre mais avait des difficultés pour respirer et sentait la torpeur qui l'envahissait peu à peu. Elle n'avait pas mal et pourtant son sang se vidait, sa vie la quittait. Lorsque sa vue se brouilla, la dernière chose qu'elle vit fut la plage de N'dar, avec ses habitants qui semblaient l'attendre.

ം

— Capitaine, venez voir, c'est bizarre, s'étonna le jeune pompier qui la retrouva, après avoir constaté que son pouls ne battait plus.

Elle était allongée sur les cailloux de la voie ferrée, un sourire éclatant figé sur les lèvres, ses yeux verts grands ouverts et tournés vers le ciel. Elle s'était envolée loin, seule et pour toujours, comme elle l'avait prémédité. Elle semblait heureuse.

Des vacances de rêve

« Au pays des rêves, le fantasme domine tout. »
Jo Coeijmans

Dans la vie, il y a deux catégories de personnes : les timides et les audacieux.

En partance pour les vacances, on peut observer la différence entre les deux : A la station-service, les filles timides prennent leur mal en patience, se dandinant sur place, en affrontant les mètres de file d'attente incompressible pour satisfaire un besoin naturel mais malheureusement récurrent parmi la gent féminine.

Les audacieux, ou devrais-je dire les audacieuses, remontent triomphalement la queue, le sourire aux lèvres, pour se soulager dans les toilettes des hommes. Les réactions de ces messieurs sont mitigées : certains ricanent de tant de cran et s'ils sont plusieurs se lancent des regards malicieux qui semblent dire : elle n'a pas froid aux yeux, la gonzesse !

La deuxième partie de nos chers mâles est plus sévère

et regarde les téméraires avec circonspection : dis donc, semblent ils penser, elle ne manque pas de toupet celle-là, elle pourrait voir notre appendice masculin en passant, c'est inadmissible !

Sur la route des vacances, les conducteurs pressés en viennent même parfois à traîner eux-mêmes leur femme dans les toilettes des hommes, bravant la vindicte féminine devant tant d'injustice, et l'opprobre masculine devant tant de solidarité inter sexes.

Bref, Lysiane, elle, se moquait bien de ces considérations sociologiques quand, sur l'aire de repos de Chaumont-sur-Tharonne, elle rejoignit le camp des hardies, après avoir hésité quelques minutes. Ex timide, elle n'arborait pas le sourire de triomphe de ses sœurs guerrières mais plutôt un rictus coincé, et prenait soin de ne regarder aucun homme directement dans les yeux ni surtout en dessous de la ceinture.

ʚ

Son forfait accompli, elle s'en était presque sortie sans encombre quand une voix lui lança :

— Faut qu'elle aille sur chopeme.com, la jolie dame, si elle veut pêcho...

Très gênée, elle leva les yeux pour bafouiller une excuse et croisa le regard noisette d'un jeune homme d'une trentaine d'années, bronzé et souriant, qui la fixait et la détaillait du regard. Elle devint écarlate en tentant une réponse :

— Désolée, je voulais aller vite, mon mari déteste attendre quand il est sur la route... Débile, se dit-elle, tu as l'air encore plus ridicule...

— *Pas de problème, j'ai été ravi de vous rencontrer dans cet endroit si romantique !*

Elle ne savait plus où se mettre et chercha à se rapprocher de la sortie mais le jeune homme lui barrait la route. Tout le monde les regardait à présent et elle avait définitivement rejoint son camp retranché, celui des timides, sa nature profonde.

— *Pardon, je dois y aller, on m'attend...*

— *Oui, je sais, votre impatient de mari ! Alors bonnes vacances, charmante inconnue, souvenez-vous d'Esteban !*

Il lui adressa un dernier sourire rayonnant et s'évanouit aussi vite qu'il était apparu, la laissant groggy.

ೞ

En sortant, Lysiane rassembla ses esprits et, honteuse, sortit en se frayant un chemin à travers la foule féminine qui attendait toujours.

— Tu en as mis un temps, lança son mari, énervé, tu prendras tes précautions la prochaine fois.

Elle se garda bien de le contrarier en quoi que ce soit : il restait près de cinq cents kilomètres et elle n'avait pas envie de partager son stress dans l'espace confiné de l'habitacle de la 308.

— Il y avait du monde mais c'est bon maintenant, je n'aurai plus besoin jusqu'à l'arrivée.

— Tant mieux, j'ai pas envie de perdre mon temps avec ces conneries.

Pendant les deux cents kilomètres suivants, il ne desserra plus les dents et régla la radio sur « Rires et chansons », que Lysiane ne supportait plus. Elle ne pipa mot et prit un bouquin.

Elle s'apprêtait à passer deux semaines de vacances seule avec un homme qu'elle connaissait depuis l'âge de seize ans, qui lui avait fait trois enfants, tous partis de la maison trop tôt parce que l'ambiance y était bien pesante pour des jeunes gens éperdus de joie de vivre et d'énergie. Chacun d'eux avaient hérité d'elle son tempérament positif et allègre, qui s'exprimait davantage à l'extérieur car elle prenait soin de cacher cette exubérance à son mari qui la rabrouait ou l'humiliait en public lorsqu'elle avait le malheur de « se lâcher ».

A quarante-six ans, elle était le plus souvent sous contrôle, et compensait ses coups de blues comme elle pouvait. Elle ne faisait plus attention à elle et l'indifférence de la famille des mâles à son égard ne la dérangeait pas, elle s'y était peu à peu habituée.

ꕤ

L'incident des toilettes avait été un choc : ce jeune homme trop beau pour être honnête l'avait qualifiée de « jolie » et de « charmante ». Même si vraisemblablement, il se moquait d'elle, il allait, rangé au rang de fantasme, hanter ses prochaines nuits dans le grand lit conjugal où les ronflements avaient depuis longtemps remplacé les gémissements.

ꕤ

Le trajet se poursuivit dans un calme relatif, rythmé par l'arrêt déjeuner sur un parking bondé. Gilbert, le mari acariâtre de douze ans son aîné, détestait le soleil, les pique-niques et la foule. Il envoya Lysiane chercher une table à l'ombre et à l'écart. Une fois installés, la glacière révéla son contenu, et Lysiane attendit le verdict.

— Quoi, tu as pris des salades? Tu sais que je ne les digère pas?

— Tu m'avais dit pas de sandwichs... je t'ai pris des légumes cuits... et une petite compote en dessert... Regarde, on est sous les arbres, avec un petit vent frais...

Lysiane passait le plus clair de ses instants à persuader son mari que la vie était belle, sans succès la plupart du temps.

— Ouais... comment tu as fait pour avoir une table? T'as encore fait du charme?

Il ne plaisantait pas. Gilbert était très jaloux malgré l'apparence peu attirante de Lysiane et il fallait le rassurer immédiatement.

— Ce couple avait terminé, ils m'ont proposé gentiment de me laisser leur place. J'ai eu de la chance, c'est tout.

03

Le déjeuner fut presque agréable. Au passage obligé par les toilettes, elle se dirigea d'un pas ferme vers le symbole désignant les messieurs, de l'espoir plein la tête, non sans avoir vérifié que son mari ne la suivait pas, même des yeux.

Bien entendu, pas trace du beau latino... Elle se morigéna :

— Pauvre folle, qu'est-ce que tu espérais? Etre l'héroïne d'un roman intitulé « Idylle aux Water Closed » ? Ou « Mon amour est né dans les cabinets » ?

Elle était lucide avec l'âge et pratiquait beaucoup l'auto-

dérision. Elle lisait aussi beaucoup trop de romans d'amour !

☙

De longues heures plus tard, Pegairolles de l'Escalette annonça la fin du voyage et Lysiane se mit à sautiller sur place comme une enfant. « Quel âge auriez-vous si vous ne saviez pas quel âge vous avez ? » demande Wayne Dyers dans « Garder le cap », en ce qui la concernait, elle avait actuellement dix ans, quand elle arrivait avec ses parents dans le sud et que le paysage se transformait avec les Alpes de Haute Provence, leurs gorges, leurs genêts, leurs cigales et elle dansa sur son siège, souriant béatement en dévorant des yeux les moindres recoins du paysage. Elle voulait engranger un maximum de détails car, elle le savait, elle allait vivre des vacances de rêve.

L'installation se déroula comme chaque année : elle vida les valises et les sacs, refit le lit, s'assura que la cuisine et la salle de bains étaient propres, pendant que Gilbert allumait la sempiternelle télé, en râlant parce que le studio était petit et l'écran mal orienté.

Lysiane ne l'écoutait déjà plus. En passant, elle avait vu la piscine, les oliviers et les citronniers, les gigantesques lauriers roses qui exhalaient leur odeur pénétrante lorsqu'elle s'en approcherait. Les oiseaux et les cigales les honoraient de leur symphonie de bienvenue et plus rien d'autre ne comptait. Dès le lendemain, elle savait qu'il allait vaquer à ses occupations favorites : pêche, pétanque, bar, et qu'il la laisserait seule la majeure partie des congés. Elle n'attendait que ça !

Alors que le début de leur union avait été fusionnelle, leurs rapports avaient changés subrepticement, par paliers ; les premières années de passion avaient laissé place à des habitudes de vie rythmées par les enfants, le boulot, l'achat de la maison, les parents vieillissants dont il fallait s'occuper chaque jour davantage. Elle avait bien tenté de rester séduisante, de fomenter des complots pour le surprendre mais Gilbert, hormis son devoir conjugal hebdomadaire, ne lui manifestait aucune attention, aucun geste de tendresse, pas plus qu'à un meuble, bien moins qu'à ses chats à présent. A bien y réfléchir, ils n'avaient jamais eu de centres d'intérêt communs mais au début faisaient des efforts pour s'en trouver. Lysiane, dont la vie transpirait par tous les pores de la peau, aimait danser, rire, s'amuser de toutes les manières possibles et adorait les gens, tous les gens... Les riches, les pauvres, les beaux, les laids, elle s'intéressait à tout le monde. Son sac Desigual lui correspondait bien : « la vida es chula » annonçait-il et telle était bien là sa philosophie. Gilbert aimait la télé, les nouvelles technologies, son boulot. Il pratiquait la pêche en solitaire et ne se mélangeait que rarement, sauf avec des joueurs de pétanque et jamais pour le pastis. Il allait au bar boire des sodas sans sucre car sa bedaine de soixantenaire lui filait des complexes et le rendait maladroit avec son corps. Peu à peu, leur rapport hebdomadaire était devenu mensuel puis inexistant. Elle avait compris bien plus tard que Gilbert avait une maîtresse, ce qu'elle feignait d'ignorer tout en prenant ses distances. Elle ne ressentait plus rien pour cet homme mais n'avait pas le courage de demander le divorce. Il lui faisait peur parfois et elle ne savait pas de quoi il était capable : il pouvait aussi bien tout casser dans la maison que se suicider. Dans les deux cas, elle ne sentait pas assez forte pour affronter ce genre d'épreuve.

Le jour suivant, comme prévu, lorsqu'elle se leva, elle était seule dans le studio. Gilbert était parti pour la journée, sans un mot. Elle se prépara un café fort, un bol de céréales qu'elle mélangea longuement à des fruits secs, des flocons d'avoine et à du fromage blanc maigre. Elle commençait sa cure de remise en forme et se sentait de fort bonne humeur. Elle irait ensuite faire de la marche au milieu des vignes, avant que le soleil ne cogne trop. Son petit déjeuner avalé, elle prit une douche rapide et enfila un pantacourt noir et un T-shirt bleu, se trouva boudinée mais ne changea rien à ses plans. Elle enfila des Newfeel bleues et orange (elle en avait de toutes les couleurs), histoire de rendre la promenade plus haute en couleurs !

Elle marcha longuement, en pensant à sa vie, à ce qu'elle pourrait en faire si elle était enfin libre... Elle avait parfois pensé à prendre un amant pour donner du piquant à ses mornes journées mais ne savait pas très bien comment rencontrer un homme. Gilbert était un copain d'enfance de son frère aîné et tout s'était fait naturellement, il l'avait gentiment draguée dans une boum, elle s'était laissée embrasser et le reste avait suivi... A dix-huit ans, on les avait mariés parce qu'elle était enceinte et la vie avait filé sans aucun autre homme à l'horizon. Ses collègues lui avaient parlé de sites de rencontre mais elle n'osait pas, notamment parce que Gilbert serait devenu fou s'il s'en était aperçu. En revanche, elle avait beaucoup d'imagination et fantasmait sur des acteurs ou des personnages de roman, toujours bruns et virils mais doux et attentionnés. Elle avait lu toute la série des « 50 nuances » et cela l'avait beaucoup intriguée : que pouvait-on ressentir à être attachée avec des menottes ou à recevoir une fessée ? Elle ne risquait pas de le découvrir un jour, Gilbert ayant des pratiques très routinières en la matière !

༄

Chaque année, ses promenades quotidiennes la menaient loin et, ce jour-là, dans la garrigue, elle photographiait les vignes parfaitement alignées quand une voix venue de nulle part la surprit :

— Elle est perdue, la p'tite dame ?

Le ton lui était familier, sans qu'elle puisse le remettre tout à fait.

— Où êtes-vous, je ne vous vois pas ?

— Là, dans le cépage, approchez-vous.

Elle s'avança tandis que celui qui lui avait parlé se relevait avec un sourire éclatant. Il était torse nu et portait un bermuda informe et bigarré, dévoilant son bronzage et sa pilosité noire caractéristique des hommes du sud. Elle n'en crut pas ses yeux : c'était le jeune homme de l'autoroute !

Il n'eut aucun mouvement de surprise en la reconnaissant, il l'attira simplement à lui, avec beaucoup de sensualité et elle lui rendit son baiser, il avait le goût du raisin mûr et juteux d'un mois d'août, et cela lui donna le vertige.

En la raccompagnant sur le chemin, il lui parla de l'exploitation viticole de ses parents où il venait chaque été, en lui tenant la main. Elle lui confia le vide en elle, la solitude dans le mariage et son envie de revivre.

༄

Gilbert rentrait chaque soir, et, sans un mot sur leurs journées respectives, elle reprenait ses activités, cuisine, ménage, lecture, échanges de banalités.

ଓଃ

Trois jours plus tard, il vint la rejoindre au bord de la piscine d'eau de mer bleue dont les reflets irisés magnifiaient la journée chaude qui débutait. Il se glissa, félin, au pied du transat où elle était allongée, lascive et lorsqu'il lécha son corps humide de l'eau salée de la piscine, son corps se livra à des sensations inédites. Elle le désirait dans sa chair et le sentir dur tout contre elle la rendait téméraire, elle s'enhardit à le caresser et leurs jeux érotiques les menèrent, rieurs, dans le cabanon attenant où étaient alignés telles des sentinelles les éprouvettes, balais, frites et autres matelas gonflables. Lorsqu'il la pénétra, debout au milieu de ce capharnaüm nautique, elle se sentit enfin la plénitude de la femme aimée et accomplie.

ଓଃ

Ses vacances s'écoulèrent à ce rythme, solitaire et libre la journée tandis que Gilbert vaquait à ses occupations, et le soir malgré tout, les habitudes conjugales reprenaient leurs droits. Cela lui convenait parfaitement !

ଓଃ

Chaque jour ou presque, Esteban apparaissait comme par enchantement pour lui ravir l'âme et les sens. Elle alla au bout de ses fantasmes, lui demandant même de l'attacher avec le foulard mauve à fleurs qu'elle mettait sur ses cheveux en cas de grand vent. Elle adora être entièrement à sa merci et il en profita avec douceur et respect mais de toutes ses mains et de toute sa bouche. Elle n'éprouva aucune gêne, aucune culpabilité ni aucun remords. Elle avait bien droit à ces plaisirs fugaces mais intenses !

ଓ

Il fallut bien rentrer au bout de ces deux semaines de plénitude, et c'est avec philosophie et bonne volonté que Lysiane remit ses petites robes légères, son paréo et sa crème solaire dans la valise, avant le traditionnel dîner au restaurant la veille du départ.

Le cadre était agréable, des oliviers sur la terrasse savamment mis en valeur par un éclairage coloré, à l'intérieur une décoration typique ocre et verte avec de grands fauteuils en rotin et de jolies bougies sur les tables. Lysiane commanda un loup au fenouil et une gaufre, Gilbert un filet mignon et une tarte tatin. Elle se permit une folie en dégustant un impressionnant Mojito tandis que Gilbert se contentait de son éternel soda light. Leur conversation fut cordiale et factuelle, entrecoupée de longs silences car ils s'étaient depuis longtemps rendus à l'évidence, ils n'avaient plus grand-chose à se dire.

ଓ

Elle n'eut pas le temps de dire adieu à Esteban, c'était bien mieux comme ça, les amours d'été doivent mourir à la rentrée ! Elle ne ressentait aucune tristesse, bien au contraire, elle avait mûri, embelli, elle dégageait une assurance nouvelle qui lui allait bien.

ଓ

Le retour se fit sur une autoroute dégagée, par temps sec et aucune attente aux toilettes dames. Lysiane était hâlée, sereine, ressourcée et prête à affronter les onze prochains mois avec dynamisme et persévérance. Ce qu'elle fit dès la rentrée !

ଓ

— Salut, les filles, alors ces vacances, c'était comment ?
Schirley, la plus jeune embauchée du service, vient d'entrer dans le bureau. Grande et élancée, elle porte une jupe courte et colorée qui dévoile ses jambes bronzées, fines et musclées.
— Tu sais ce qu'on dit des vacances, Schirley, elles sont toujours trop courtes ! lui répond Madeleine, la comptable, déjà installée derrière son ordinateur, à relever ses mails.
— Et toi, Lysiane, la grande éclate, comme d'habitude ? demande Schirley avec un sourire complice à Madeleine.
— J'ai rencontré quelqu'un, si c'est ce que tu veux savoir...
— Oh, la chance... raconte ! lancent de concert les filles, bien décidées à alimenter les potins de l'entreprise.
— C'était bizarre ; la première fois que je l'ai vu, c'était sur l'autoroute, dans les toilettes des hommes, en fait...
— Qu'est-ce que tu foutais là ?

— J'en avais marre de faire la queue et Gilbert me prenait la tête comme d'hab' !

— Bon, et alors ?

— Il se trouve que ses parents ont une exploitation viticole, à deux pas du studio qu'on louait, alors je l'ai revu en faisant une ballade dans les vignes et après régulièrement.

— Non ? Un plan cul ?

Schirley parlait toujours crûment, c'était un style qu'elle aimait se donner alors qu'elle était parfaitement sérieuse et courtoise au travail.

— C'était un bon coup, renchérit-elle ?

— On a eu une liaison torride, on a peu parlé, on savait tous les deux que ça n'irait pas plus loin, il a à peine trente ans !

— C'est dingue, se plaint Schirley, moi ça ne m'arrive jamais des trucs comme ça...

— Moi non plus, acquiesce Madeleine, ça ne m'est jamais arrivé. Ce n'est peut-être pas un hasard...

— Qu'est-ce que tu veux dire ? questionne Lysiane, sur le qui-vive.

Ses deux collègues se regardent d'un air entendu qui semble signifier : c'est le moment !

— Bon, Lysiane, on t'aime bien, alors on va être franches avec toi, on ne croit plus tes histoires à dormir debout, se lance Madeleine,

— Oui, poursuit Schirley, la première année, on y a cru mais à chaque fois que tu rentres de vacances, tu t'es soit disant fait un nouveau mec, tes mythos, ça suffit ! Le serveur en Espagne, le randonneur dans le Jura, le guardian en Camargue et maintenant un fils de vigneron, tous jeunes, beaux et prévenants... Tu te fous de nous ou tu vis dans un monde de conte de fées ?

Un sourire se dessine sur le visage de Lysiane. C'est le moment de dévoiler ses réelles activités estivales si elle ne veut pas perdre toute crédibilité aux yeux de ses collègues.

— OK, les filles, je vous dis tout. Non, je ne suis pas folle ! Tous les personnages dont je vous ai parlé existent, dans ma tête en tout cas. Les vacances m'inspirent avec ses paysages nouveaux et les gens qu'on croise au hasard. Comme j'ai beaucoup de temps avec Gilbert qui va à la pêche tout le temps, alors, chaque été, j'avance sur mon roman intitulé « Des vacances de rêve » ! Vous aurez la primeur des premiers exemplaires, et dédicacés de l'auteure, promis !

Les deux commères restent bouche bée. Elles qui voulaient ramener Lysiane à leur médiocre niveau pour affirmer leur supériorité présumée, découvrent que ni la méchanceté ni le quotidien n'ont de prise sur Lysiane : elle a le pouvoir de rendre ses rêves bien réels sur la page, les touches de son clavier sont autant de marches vers son petit bonheur intérieur et elle n'a jamais paru aussi lumineuse. Son aura est incandescente et colorée.

De mythomane, Lysiane est devenue écrivain et à leurs yeux, rien ne sera jamais plus comme avant !

Remerciements

Cet ouvrage n'a pu voir le jour qu'au prix de nombreuses collaborations, même si j'écris depuis toujours (« La Maison d'en face » a été écrite dans les années 80 !).

Grâce à Christophe Carreras, et l'atelier d'écriture du centre social de Chaumont, mes envies d'écrire se sont ravivées, et j'ai osé lire à haute voix, publier dans un ouvrage commun.

Grâce à mes partenaires d'atelier, au fil des années, j'ai pu entretenir ma créativité, dans la bienveillance et la bonne humeur.

Grâce à mes partenaires actuels, qui ont relu patiemment, corrigé avec professionnalisme et bon cœur, j'ai pu aller au bout de ce projet.

Christophe, encore et toujours, était là pour me conseiller, mettre en forme mes idées, réactif, investi et m'a permis d'aller au bout de mon rêve.

Je remercie Patricia, Véronique, Monique, Christine, Virginie, Aurélie, Sephora, Dominique, Jeanny et Damien, de l'atelier.

Je remercie tous ceux qui ont lu mes petites histoires et qui m'ont soutenue dans ce projet, Pascale, Chantal, Marie, Odile, Emilie, ma fille, ma mère et tous ceux qui suivent ma page Facebook.

Je remercie Sandrine de m'avoir proposé un concours de nouvelles qui a ravivé la flamme et qui m'a aidée à croire que j'en étais capable ! S'il-te-plait, reprend l'écriture !

Je remercie du fond du coeur Marie L. pour la très belle photo de couverture.

Je remercie toutes les femmes que j'ai croisées et qui m'ont inspirée.

Je remercie enfin, et je ne le remercierai jamais assez, Christophe, pour tout ce qu'il a fait pour m'encourager !

Table des matières

Préface   *7*

La maison d'en face	11
Amour Amor	25
Le Dix, vers Fay…	31
Fleuri Myosotis	49
Vingt-quatre (X)	59
La descente	71
Mon amie française	77
Etre et avoir été	85
7h17	95
Des vacances de rêve	101

Remerciements   *115*

www.facebook.com/EcrivainMarieDelcourt